Narratori Feltrinelli

Chiara Marchelli
La figlia di lui

Pubblicato in accordo con MalaTesta Lit. Ag. Milano

Prima edizione ne "I Narratori" marzo 2025

Stampa Grafica Veneta S.p.A. di Trebaseleghe - PD

ISBN 978-88-07-03637-8

FSC
www.fsc.org
MISTO
Carta | A sostegno della gestione forestale responsabile
FSC® C021883

GRAFICA VENETA
GV CARBON NEUTRAL

Questo libro è stampato da Grafica Veneta S.p.A.
con un processo di stampa e rilegatura certificato 100% carbon neutral
in accordo con PAS 2060 BSI

La figlia di lui

Parli della mia resilienza
Ma non sai quanto io creda
Che la rabbia e l'arroganza
Ci guariscano quanto il silenzio

Se tu sapessi l'odio che scorre nelle mie vene
Avresti paura, avresti paura
Se tu sapessi la cagna che nascondo dentro di me
Avresti paura, avresti paura

CLARA YSÉ, *Douce*

Prima parte

1.

Quando apro gli occhi è chiaro. È tornato il sole oppure abbiamo dormito più del solito. Controllo l'ora, sono le nove. Rimango a letto immobile, ascolto: dall'altra stanza nessun rumore. Se dio vuole dorme, penso.

Mi alzo, vado alla finestra: il cielo è blu.

"Come stai?"

Mi volto: Arno si è svegliato.

"Bene. Tu?"

Si alza, passando mi dà un bacio: "Anch'io".

A ieri non facciamo cenno; lui entra in doccia, io vado a preparare il caffè. Apro il frigo, vedo che abbiamo finito le uova.

"Esco a prenderle con Emma," dico quando Arno arriva.

Lui è sorpreso: "Sei sicura?".

"Sì."

L'ho deciso senza pensarci.

"La sveglio."

"No, lasciala dormire. Aspetto."

Godiamoci un po' la pace, il silenzio. Un silenzio domenicale, denso: le strade vuote contro le voci, gli stereo, i passaggi della gente ancora da venire. Un silenzio così c'è solo in queste domeniche fredde di tardo inverno: un silenzio completo e soffice, che di qui a poco sarà rotto dall'arrivo di Emma.

Che appare alle dieci, saluta Arno ignorando me e si butta sul divano.
"Meglio se vado io," dice lui.
"Ma no, davvero. Mentre siamo fuori tu finisci di preparare."
Arno mi passa un dito sotto gli occhi: "Hai la faccia stanca".
"Stasera mi riposo."
Sempre che non ci siano novità, penso guardando Emma. In pigiama, i capelli spettinati, è stravaccata sul divano con il telefono davanti al naso. Le chiedo se ha fatto brutti sogni, non mi risponde.
"Hai avuto altri incubi stanotte?" ripeto.
Lei scrolla le spalle.
"Esci tu, rimane qui con me."
"Emma, ti va di venire?"
"Emma," la chiama Arno.
Lei alza gli occhi dal telefono.
"Hai voglia di scendere a prendere le uova con Livia?"
Torna sullo schermo: "No".
"Emma."
"Mi hai chiesto se ho voglia e ti ho risposto."
"Sei sempre appiccicata a quel cellulare. Ora me lo dai e accompagni Livia. Lo volevi l'uovo sbattuto, no?"
"Non lo voglio più."
Arno le toglie il telefono di mano.
"Ridammelo!"
"Vestiti."
Io ho caldo. Allento la sciarpa, guardo il cielo turchese illuminato dal sole. Non ne posso più di stare chiusa in casa: cinque giorni di pioggia e vento. Mi piacerebbe andare sul fiume, o al parco. Dopo colazione lo proporrò. Eravamo d'accordo che Emma sarebbe tornata a casa sua, ma ad Arno farebbe piacere se la invitassi a restare. Anche se lei non vorrà. "Casa di Livia", la chiamerà sempre. Non "casa vostra", nemmeno quando suo padre si trasferirà qui.
Arno si è seduto sul divano, bisbiglia qualcosa.
Che idea ho avuto: se fossi andata da sola avrei preso un

po' d'aria, telefonato a Evelyn per raccontarle di ieri sera. In fondo Arno non si aspettava la mia iniziativa. Per quel che riguarda Emma, non so quanto si aspetti ancora da me.

"È pronta."

Emma si siede per terra ad allacciarsi le scarpe. Lentamente, per snervarlo. Snervare anche me, che l'ho strappata alle sue cose. Non mi guarda neppure quando le do una carezza.

"Torniamo presto."

Emma apre la porta e comincia a scendere le scale.

"Aspettami," la chiamo quando usciamo in strada, "da questa parte."

"Eh?"

"Il supermercato è di qua."

Lei cammina dietro, devo voltarmi in continuazione per aspettarla. Quando mi inciampa sui talloni, mi fermo: "Emma".

"Cosa."

"Smettila."

"Sto camminando."

"Camminami accanto, non dietro. Mi vieni addosso, così."

"Non è colpa mia se continui a fermarti."

Sospiro, le metto una mano sulla schiena, la spingo vicino a me: "Dai, ci siamo quasi. Tra poco torniamo a casa e puoi rimetterti a guardare le tue cretinate".

Mi è scappato, non avrei dovuto. Ed Emma non perde l'occasione: "Le mie *cretinate*?".

Mi guarda con la bocca arricciata, le narici allargate, le sopracciglia aggrottate. La smorfia che ha imparato a fare dalla sua babysitter, un'adolescente che non sa mettere due parole in croce e fatica a lavare una scodella, pescata chissà dove dalla madre.

Distolgo lo sguardo: "È qualcosa di interessante?".

Emma non risponde. Inizia invece a imitare il mio accento dondolando la testa: "*È qualcosa di interessante?*".

Arrivate all'incrocio non ha ancora smesso, sembra divertirsi da morire. Canticchia la frase e si sbellica piegata in due.

"Si vede che stai ridendo apposta."

La rabbia mi pulsa dentro i timpani. Quanto vorrei darle

uno schiaffo e poi sibilarle in faccia *Adesso chi è che ride?* Ma non posso. Non dovrei nemmeno badarci. Non dovrei avere questo genere di conversazione con una bambina di nove anni, prenderla di petto, correggerla in continuazione: quando mangia con le mani sdraiata sulla tavola, quando grida da una parte all'altra della casa perché le serve qualcosa, quando piagnucola a ogni debole divieto di Arno. E invece io no, io insisto, penso di fronte al semaforo lampeggiante, io mi ostino come se avessi il diritto di dire qualcosa. Emma continua a cantilenarmi dietro e a ridere. "Andiamo, su," dico. Perché non ce l'ho, quel diritto, non c'è niente da fare. A nulla vale quel che Arno le ha spiegato all'inizio: la parola di Livia conta quanto la mia. La mia parola è niente, ed Emma lo sa.

"Attenta!"

Un grido mi investe alle spalle. Mi giro, un uomo è piegato su di lei: l'ha afferrata per la giacca e la tira forte indietro. Lei cade, mi sbatte addosso. Una donna urla sull'altro marciapiede mentre un'auto sfreccia a un metro da noi.

L'aria si risucchia intorno, il mondo si contrae e con uno schianto precipita sulla mia schiena, sul corpo di Emma accasciata a terra.

Dura un attimo, ma c'è: l'esitazione nel soccorrerla. Una resistenza, una pulsione che capirò poi, di cui non parlerò a nessuno. Tutto rallenta e si offusca: il negozio di fiori alle mie spalle, l'insegna del supermercato accesa a metà, i piloni della metropolitana che con un boato passa sopra le nostre teste. È quello che mi sveglia: vedo Emma piangere sull'asfalto, lanciare grida rauche verso di me.

"Ti sei fatta male?" urlo per sovrastare lo strepito della metropolitana e lo sgomento: il cuore che batte contro le tempie.

Emma ha gli occhi e la bocca spalancati.

"Emma, ti sei fatta male?"

Anche l'uomo si è rannicchiato: "Tesoro, stai bene?".

Lo guardo: *Grazie*, dovrei dire. Invece sento una violenza istantanea: colpirlo sulla bocca, calciarlo contro l'asfalto. Afferro Emma per le braccia, la rimetto in piedi, controllo la strada, attraverso tirandomela dietro. Non guardo più l'uomo né la donna che ha urlato: entro nel supermercato strappando il corpo di Emma, mi infilo in una corsia facendo voltare tutti e solo quando arrivo in fondo la premo contro la parete del frigo. I miei occhi nei suoi occhi, il mio fiato sulle sue labbra: "Non è niente, non ti sei fatta niente, solo uno spavento. Smettila di piangere così".

Lo ripeto sottovoce, come un'intimidazione: "Non ti sei fatta niente".

Emma piano piano si calma.

"Su," dico asciugandole le lacrime, "adesso compriamo qualcosa di goloso, qualcosa che ti piace. Cosa vuoi? Una brioche? Un gelato?"

Mi rendo conto di essere confusa, farfuglio sui singhiozzi di Emma che la scuotono mentre sfrega una mano sul gomito.

"Vuoi un Chupa Chups? Una Coca-Cola? Il latte al cioccolato?"

Sto sudando nonostante vicino al frigo si geli. Emma ha la faccia livida.

"Vieni," le prendo la mano, "adesso troviamo qualcosa di speciale per far passare la paura."

"Mi sono fatta male."

Mi accuccio di nuovo: "Dove?".

Emma tira su col naso, il muco è sceso fin sotto il mento e si allunga sul colletto della giacca in una bava trasparente: "Qua".

"Riesci ad alzare il braccio?"

"Sì."

"Bene, è solo una botta. Mettiamo la pomata e passa tutto. Cerco quello che ci serve e torniamo a casa da papà."

Emma ricomincia a piangere, non capisco se per la paura di essere punita o la disperazione di essere con me invece che con suo padre.

"Voglio una ciambella," dice strofinando la manica sul naso.

Vedo il muco colare sulla giacca: "Certo. Una ciambella e le uova. Vedrai che bontà l'uovo sbattuto".

"Non lo voglio più!"

"Come preferisci."

Guardo intorno disorientata, di colpo sento freddo, come se mi avessero strappato i vestiti e gettata fra i cartoni del latte. Tenendola per mano vago nei corridoi, passo davanti alle uova quattro volte prima di vederle. Nella corsia dei dolci prendo una confezione di ciambelle e riafferro la mano di Emma.

"Mi fai male!"

Un bambino si volta, guarda prima Emma poi me, corre verso la madre che sta leggendo il retro di una lattina e mi osserva da sopra gli occhiali.

La fitta alla testa è improvvisa e feroce: un proiettile che mi apre la fronte. Per un attimo ho paura di crollare in mezzo al supermercato.

Alla cassa butto sul nastro le ciambelle e la confezione delle uova, tiro fuori la carta di credito e pago senza guardare la cassiera, di cui intravedo soltanto le unghie appuntite e verdi allungarmi lo scontrino.

"Cos'è successo?"

Il sorriso si asciuga sulla faccia di Arno appena Emma gli si getta tra le braccia. Io salgo subito dietro, il fiatone per le scale corse appresso a lei.

"Cos'ha fatto?"

"Non ho fatto niente!" grida Emma.

Entro in casa, chiudo la porta: "Va tutto bene".

Arno mi segue in cucina, Emma stretta alle sue gambe con il viso nascosto.

"Stava per attraversare con il rosso ed è passata una macchina. Non è successo niente, si è solo spaventata."

Arno stacca Emma: "Hai attraversato col rosso?".

"È stata lei a dirmelo!"

Ho una vertigine, mi appoggio al piano della cucina. Tirando fuori le uova mi accorgo che un angolo della confezione è bagnato. Più tardi la aprirò e scoprirò di averne rotte tre.

Prendo fiato cercando di mettere ordine nelle immagini che mi ingombrano la testa.

"Siamo arrivate su Broadway, il semaforo lampeggiava ancora per i pedoni, pensavo che saremmo riuscite ad attraversare. Mi sono fermata ad aspettare Emma e nel frattempo è diventato rosso. Non ho visto che si stava avvicinando una macchina ed Emma... un tipo dietro di me l'ha tirata indietro e lei è inciampata. Niente di che, davvero. Si è solo spaventata."

Arno si abbassa a guardarla negli occhi: "Lo sai che non devi attraversare con il rosso".

"Me l'ha detto lei!"

Mi passo una mano sulla fronte sudata, le ascelle bruciano, la bocca è acida.

"Non avevo visto che..."

Mi sono distratta, l'auto non ha rispettato il semaforo.

"Quel pazzo è passato prima che io..."

Arno accarezza la testa di Emma, che non mi guarda.

È stata colpa della cantilena, per quello mi sono distratta. Emma che mi prendeva in giro e mi ha dato in testa. *Ti senti, tu?*, dovevo rispondere tranquilla. Lei che biascica in quel modo ridicolo di alti e bassi e pare sempre faccia domande anche quando dice sì o no. Ma nemmeno: avrei dovuto ignorarla e basta. Prestare attenzione al traffico, accertarmi che la strada fosse libera, che il semaforo non fosse scattato. In più, le auto parcheggiate lungo i marciapiedi, il caos, il fragore dei treni...

Io però non mi sono mossa. So di aver detto a Emma di attraversare, e con chiarezza so che io sono rimasta ferma.

"Vieni," le dice Arno, "ci mettiamo tranquilli sul divano finché non ti passa. Livia?"

Stavo solo aspettando di averla sott'occhio. È andata così, mi dico prendendo le ciambelle sul ripiano: cercavo di non lasciarla indietro.

"Livia."

La dilatazione del tempo, il ritardo nel piegarmi su di lei per vedere come stava.

Scuoto la testa, guardo Arno, che mi sta fissando. Nei suoi occhi transita un lampo – una durezza, un sospetto – mentre cerca un sorriso rassicurante per tutti. Ora bisogna pensare a Emma, tranquillizzarla, far smettere i singhiozzi che le squassano il corpo.

Apro il sacchetto dei dolci e ne metto uno su un piatto. In soggiorno mi accuccio di fronte a lei: “Ecco”.

Emma mi guarda senza parlare e, con il piede ancora calzato nella scarpa, allontana il piatto facendo cadere la ciambella sul pavimento.

2.

Al ristorante Arno era arrivato tardi. Si era scusato con Evelyn e aveva rivolto un saluto generico al resto della tavolata. Non conosceva nessuno, come me. Una cena di lavoro: Evelyn l'aveva invitato dopo anni che non si frequentavano. Non so più per quale ragione ci fossi andata io. Ma la serata, quella, è ancora chiarissima nella memoria: tutti che conoscono tutti e si immergono in conversazioni zeppe di aneddoti impenetrabili; io che non so dove mettere gli occhi. Così li metto su Arno che, spaesato quanto me, mangia in silenzio. Peccato non essere seduti vicini. Dal mio posto non mi sembra particolarmente attraente, anche perché nella penombra non si vede un granché. È piuttosto il comune destino cui la serata ci ha relegati: la sorte degli esclusi, che ha una vibrazione inconfondibile, un odore tutto suo impossibile da nascondere. Che Arno è bello lo vedrò poi, come una distrazione.

Evelyn ormai è troppo in là nei bicchieri per le buone maniere, e lascia che gli invitati si arrangino. E gli invitati paiono divertirsi molto: incrociano battute, piatti, telefoni, ordinano bottiglie nel modo cieco degli americani alticci.

Un paio di volte guardo verso il fondo del tavolo, dove Arno continua a sedere taciturno. Una riunione andata per le lunghe, ha spiegato a Evelyn, e il traffico di fine giornata da Uptown a questo ristorante nel Lower East Side che lei adora: neri e ori, luci basse, l'atmosfera sofisticata e pretenziosa dei wine bar di New York.

Ogni tanto provo a introdurmi nelle conversazioni, ma la sollecitudine dei miei vicini ormai ha lasciato posto a uno sfreno clamoroso incurante di qualsiasi formalità.

Io e Arno siamo i primi ad alzarci. Abbiamo recuperato le borse del lavoro e, scavalcando cosce e bicchieri, andiamo da Evelyn ad augurarle buon proseguimento.

"Andate già via?"

Sorridiamo ognuno con la propria scusa pronta, e per forza di cose usciamo insieme. Appena fuori ci presentiamo, io devo farmi ripetere il suo nome: "È un fiume italiano".

"Lo so, e prima o poi mi toccherà andarlo a vedere. È anche un nome armeno."

"Sei armeno?"

"Mio nonno. Io sono un banale americano distratto da troppe origini."

Rido, è simpatico.

Arno chiama un taxi, io controllo le metropolitane.

"Ti saluto", e faccio per avviarmi.

"Prendi la metro a quest'ora?"

"Non è così tardi."

Non è tardi, ma la notizia della donna spinta sotto un treno da un pazzo è ancora fresca.

"Dove vai?"

"Brooklyn."

"Brooklyn dove? Io Cobble Hill."

"Io più in là."

"Ti do uno strappo."

"Non ti preoccupare."

"Non mi cambia niente."

"Non è il caso, davvero."

"Fino ad Atlantic. Puoi prendere la metro da lì."

Mi lascio convincere e aspetto con lui. Si sta bene: una bella serata di settembre, l'aria tiepida e non più tropicale, ogni tanto un alito di vento sulla pelle.

Da dentro viene il baccano soffocato della cena migrata al bancone del bar.

"Bella serata."

"Molto."

Ne rideremo: *Bella serata di merda, a casa ho svaligiato il frigorifero.*

È per il sollievo degli scampati che ci segniamo i numeri di telefono, e finirebbe qui se, arrivati a Court Street, Arno non allungasse dei soldi al tassista perché porti a casa anche me. Io protesto, lui sorride allontanandosi.

L'indomani gli mando un messaggio.

Dopo qualche giorno usciamo a cena insieme.

Con Arno è subito una boccata d'aria fresca. Sono appena uscita dall'estenuante frequentazione di un musicista così imbrogliato in sé stesso e nella propria vita sentimentale che, dopo l'ennesimo traccheggio, mi sono trovata a gridare nel telefono esasperata. Emotivamente inaccessibile, pare sia la definizione della sua personalità: narcisista, disonesto e viziato, dico io.

Basta, mi sono detta, è andata così. Basta con gli appuntamenti alla cieca sulle piattaforme online con le fotografie ritoccate, le biografie contraffatte, gli screening da macello ("Quanto pesi?" mi ha chiesto una volta uno). Basta con le solite pezze ripetute all'infinito su carriera, metri quadri, salute dell'utero; il sospetto nell'indagare come mai una persona all'apparenza così brillante sia ancora sola; la consapevolezza di essere uno dei tanti appuntamenti della settimana, talvolta del giorno, da mantenere entro certi limiti di tempo. Non ci siamo mai baciati, io e quegli uomini. Tranne uno, che mi è saltato addosso in pieno giorno fuori dall'ufficio: "Tanto vale togliersi il pensiero," ha detto dopo avermi squadrata da capo a piedi e aver formulato un "Sei diversa dalle fotografie" che non era suonato come un complimento. Per quello ero andata appresso al musicista: conosciuto a casa di un amico, mi ero fidata.

Con questo spirito esco con Arno. Ci vediamo in un ristorante di Brooklyn: la quiete, la sua eleganza. Vestito di blu, ricordo ancora oggi. Arno dice che di blu aveva solo il cappotto, ma io conservo questa immagine blu della camicia intorno al suo collo liscio, del corpo asciutto sotto un maglioncino e i jeans.

Si alza vedendomi, aspetta che mi sieda. Poi ordiniamo un bicchiere e cominciamo a chiacchierare.

"Come conosci Evelyn?"

Sotto la luce morbida del locale posso guardarlo con calma mentre mi spiega che erano compagni all'università. Magro, alto, i capelli rossicci, gli occhi azzurri.

"Hai fatto matematica, quindi."

Sì, risponde: sia lui che Evelyn hanno studiato matematica e informatica. Lei è diventata programmatrice di software, lui information security analyst.

"Si diverte di più lei."

"E tu di cosa ti occupi esattamente?"

"Di controllare le reti della mia azienda per evitare violazioni della sicurezza e proteggere informazioni sensibili. In sostanza, verifico le vulnerabilità dei sistemi informatici e di rete. Appassionante, no? E tu?"

"Io lavoro come traduttrice e copywriter. Dipende dai progetti."

"In italiano?"

"Italiano, francese e inglese. Sono freelance. Collaboro con agenzie di comunicazione, magazine online... A volte case editrici, ma meno."

"Anche a me sarebbe piaciuto fare il freelance... Sei coraggiosa."

"Incosciente. Soprattutto all'inizio. Ma se hai la Carta Verde è tutto più facile. E con la cittadinanza è ancora meglio."

"Ho sentito storie dell'orrore sulla Carta Verde. Chi ti ha sponsorizzata?"

"Ho fatto da sola."

"Caspita, bravissima. Non è facile."

"Avevo un buon avvocato."

È sorprendente sentirmi così. Sorprendente che sia possibile parlare senza ordine del giorno alla mano, scherzare ed essere capita, avere un paio d'occhi posati su di me e non sull'ora.

Ho pensato che Arno fosse sensuale prima di tutto il resto: questione di pancia, di odore. Quando alla fine della cena vado in bagno, mi guardo allo specchio e trovo la voglia di andarci a letto.

"Sei mai stata sposata?"

Sono sorpresa.

"No. Tu?"

"Sì. Ho una figlia."

"E come si chiama?" chiedo per l'impressione che sia la domanda giusta da fare.

"Emma."

"Bel nome."

"Ha cinque anni."

Lì per lì l'informazione mi lascia indifferente, se non per una specie di calore: quest'uomo è in grado di mettere al mondo dei figli. Una reazione primordiale, da donna delle caverne: il maschio che funziona e provvede a una famiglia. Ma in realtà non è rilevante: i bambini non mi sono mai interessati.

Ci salutiamo con un bacio sulla guancia alla stazione della metropolitana: lui da una parte, io dall'altra.

La settimana dopo arriva un messaggio: *Cena da me?*

Il suo appartamento mi colpisce subito, così diverso dal mio: spazioso, moderno, tutto cemento e pelle, grigio e bianco. Solo le pentole sono colorate, e i giocattoli di Emma. Il primo attestato della sua esistenza: un angolo del soggiorno occupato da un cumulo di pupazzi, racchette, palloni, fiabe, una parrucca. Fucsia. Con i capelli veri, scoprirò.

"E questa?"

Lui alza gli occhi al cielo: "Emma".

Che tipa, penso.

Arno ha cucinato un arrosto con le patate e un dolce al rabarbaro. Mi offre un bicchiere di vino bianco con delle tartine al salmone e apre una bottiglia di Volnay.

Mentre finisce di preparare vado alla finestra: l'appartamento si affaccia da un lato sulla strada, dall'altro su un giardino privato dove mi siederò spesso in estate, alla ricerca di ombra se farà caldo e di quiete se ci sarà Emma. Per stasera, di sua figlia nemmeno una foto.

"Mi sono trasferito da poco."

Soltanto dopo sospetterò che non sia stato un caso: nascondere Emma il più possibile, non spaventare una potenziale compagna.

E poi c'è il sesso, quando sono già sulla porta. Arno sino alla fine non dà mostra di volerlo. O non gli piaccio oppure è molto rispettoso. Non sono sicura, così cincischio fingendo interesse per una fotografia al muro, sulla quale lui si lancia in una spiegazione fiume stordendomi di parole. Non capisco che è nervoso, quindi raccolgo le mie cose, ma piano, in modo da offrirgli decine di occasioni di sdraiarmi sul divano. Niente. Penso Adesso lo bacio io tanto cos'ho da perdere, ma mi trattengo: ho da perdere che non voglio fare la figura della cretina. Mi sembra di essere tornata adolescente, quando non sai come muoverti e sei terrorizzato dal ridicolo. Così alla fine rinuncio e mi avvio alla porta. Nell'aprirla, finiamo uno di fronte all'altra e, presi alla sprovvista, ci baciamo.

Fare l'amore con lui è facile e marginale. Arno fa un sesso meccanico, con passività e bisogno di piacere all'altro. Che è ben diverso dal dargli piacere.

Ma anche questo lo capirò più avanti.

3.

Conosco Emma dopo sei mesi che Arno e io stiamo insieme. Me lo chiedeva sempre più spesso e alla fine ho detto di sì.

Abbiamo deciso per un pranzo a Chinatown, arrivo io per prima, mi siedo e gli mando un messaggio.

Siamo in ritardo, risponde.

Nessun problema, sono qui.

Mi guardo intorno: i tavolini si stanno riempiendo, c'è odore di zuppa e spezie, il rumore delle comande gridate attraverso il banco.

Quando Emma e Arno arrivano, noto subito la sua espressione tesa: "Ciao".

Eccola, penso.

È quasi strano trovarmela davanti dopo aver sentito così tanto parlare di lei. È più piccola di come l'avevo immaginata. E, lì per lì, timida.

"Non dici ciao?"

Emma si stringe al padre e nasconde la faccia tra le sue gambe, cosa che, imparerò presto, fa ogni volta che non vuole parlare con qualcuno.

"Fai la timida?"

Arno si china su di me, mi dà un bacio sulla bocca. Vedo Emma fissarci, mi stacco subito.

Emma si sistema sulla panca di fronte: "Ho fame".

La osservo mentre passa il dito sulle immagini del menu che conosce a memoria: è il suo ristorante vietnamita preferito.

"Voglio la zuppa e sei involtini."
"Che appetito!" scherzo scorrendo la lista.
Ma mi interessa poco, voglio guardare lei: ha gli occhi scuri, che deve aver preso dalla madre, tondi. La carnagione pallida di Arno, con le guance rosse per il freddo, le labbra carnose, stranamente sensuali su una bambina di questa età, il viso triangolare. I capelli sono biondo scuro, divisi in mezzo e raccolti in una coda di cavallo che fa cadere due parentesi lasciate fuori dall'elastico, tinte di viola. Indossa una salopette rossa, una maglietta gialla, una felpa con il cappuccio bordato di pelo sintetico, un piumino di vernice, una collana di perline colorate e un bracciale di cuoio con le borchie. Ha la bocca sporca di cioccolato.
"Ha voluto un gelato venendo qui."
"Un gelato?"
È mezzogiorno, il mese di marzo.
Arno si stringe nelle spalle, Emma chiude il menu e comincia a scalciare sotto il tavolo, impaziente e annoiata. Un calcio mi raggiunge, sposto il ginocchio e me ne prendo un altro. Mentre allontano la sedia Arno si volta, sorride: "Tutto bene?". Sorrido anche io: "Sì", e mi sposto più in là per togliermi dalla traiettoria. Lei, appena finisco di risistemarmi, posa il gomito sul tavolo e ricomincia.
"Abbiamo deciso?" chiede Arno.
"Zuppa e involtini. E chè ba màu."
"Per quello aspettiamo dopo."
"Cos'è?"
Lei continua a non guardarmi, ma dato che le ho rivolto la parola si immobilizza un istante.
"Un dolce," risponde Arno, "molto buono. Devi provarlo."
Ordiniamo, Emma sfila un paio di bacchette dal barattolo sul tavolo e attacca un duello tra mano sinistra e mano destra, con tanto di cronaca.
"Emma," la riprende Arno quando si accorge che la guardo.
Ma lei non smette. Se era timida appena arrivata, adesso sembra perfettamente a suo agio. Dal tavolo accanto si volta un ragazzo che sta mangiando da solo e la guarda. Quando

Arno le toglie le bacchette di mano, torna con indifferenza al suo pranzo.

Emma inizia a piagnucolare: "Voglio giocare!".

I piatti arrivano subito dopo e io, che ce l'ho di fronte, la osservo tuffare testa e cucchiaio nella zuppa enorme, che lascerà dopo poco, mentre con l'altra mano afferra un involtino e si scotta il palmo. Scoppia a piangere, le mani unte, i capelli appiccicati alla faccia. Arno tenta di sistemare i piatti, troppi per le dimensioni del tavolo, e io di passargli dei fazzolettini.

Il cameriere viene a vedere cosa non va: "Tutto a posto," dice Arno. "Emma, sono caldi, lo sai. Adesso ti aiuto, aspetta. Inizia dalla zuppa, soffiaci sopra... così", e si mette a soffiare sulla minestra talmente forte che uno schizzo raggiunge il mio piatto. Non se ne accorge, continua a soffiare mentre lei torna in possesso delle bacchette e riprende il suo duello, coinvolgendo gli involtini roventi, che finiscono per metà sulla tovaglia.

Io tiro verso di me il mio piatto di riso e tento come posso di mangiare scansando le sferzate e i calci sotto il tavolo.

Quando arriva il dolce, una torre di tre colori che Arno insiste perché io assaggi, chiedo al cameriere di mettere gli avanzi in un sacchetto.

"Così stasera hai la cena," dice Arno pagando.

Resto interdetta: sua figlia ha sputacchiato nella zuppa, ci ha immerso i capelli, ha toccato con le mani ogni singolo involtino prima di morderne due a caso e pugnalare gli altri: "Veramente pensavo per lei".

Prima di andare via, Emma va in bagno e Arno la accompagna. Io rimango sola, controllo il cellulare e vedo che è arrivato un messaggio di Evelyn: *Com'è la bambina?*

Charlotte la conosco due settimane dopo, quando passa a casa di Arno a prendere il piumino dimenticato da Emma. Arno me lo dice all'ultimo minuto, mentre finiamo la colazione: in questo periodo stiamo lavorando molto tutti e due, ieri sera abbiamo cenato tardi e stamattina siamo rimasti a letto fino alle dieci.

Abbiamo appena fatto l'amore, sono i tempi in cui abbiamo sempre fame uno dell'altra. Stiamo ancora imparando i rispettivi gusti: come toccarci, a che ritmo muoverci. "Sembri un ragazzo," gli dico sempre: la sua pelle elastica, senza rughe. La mia, in confronto, sembra l'otre vuoto di una zampogna. Arno scuote la testa, dice che sono sciocca e che non è vero. Non so se mente, se gli piaccio così, se non vede.

"Viene adesso?"

Poteva avvertirmi prima.

"Tra poco, ma prendono la giacca e se ne vanno."

"C'è anche Emma?"

"Be', sì."

Ovvio che c'è anche Emma. Charlotte non può certo lasciarla a casa da sola.

"Vanno a pattinare a Prospect Park."

"Bello."

Quando arrivano mi sono vestita senza avere avuto il tempo di farmi una doccia. Ho i capelli sporchi, Charlotte invece pare pronta per un servizio fotografico: cappotto nero, gonna, polacchine con il tacco, trucco. Perché stava per conoscere la fidanzata dell'ex marito o perché per lei è normale mettersi in tiro alle undici di sabato mattina?

Non facciamo in tempo a stringerci la mano che Emma si stacca da lei e mi corre incontro: "*Lidia!*".

Mi chino, le do un bacio sulla guancia, chiedo come sta: "Andiamo a pattinare!".

Poi schizza verso il cumulo di giocattoli e si siede.

"Emma, dobbiamo andare," la chiama Charlotte.

"Voglio restare qui," risponde lei aprendo una scatola.

"No, tesoro, Graham e Juliette ti stanno aspettando."

"Stiamo qui."

Charlotte guarda Arno, che, lanciandomi un'occhiata, la invita a entrare.

"Tesoro," Charlotte va verso Emma, "non possiamo stare qui. Livia e papà hanno i loro programmi per oggi e i tuoi amici ti aspettano."

"Si chiama Lidia," dice Emma senza muoversi.

"No, si chiama Livia."
"*Lidia.*"
Sorrido a Charlotte, lei si stringe nelle spalle e non accenna a far muovere la figlia. Anzi, si accovaccia con lei. Si avvicina anche Arno e per un momento mi chiedo se non stiano per mettersi tutti e tre a giocare a Uno sul pavimento. Per fortuna lui rimane in piedi: "Emma...".
Mi guarda di nuovo per chiedermi di avere pazienza, io sorrido, chiudo la porta. Avverto un'irritazione nuova che, prima di conoscere Emma, non avevo mai provato. Territoriale. È la prima volta che succede, è solo un seme. D'altronde siamo nell'appartamento di Arno, su cui non ho alcun diritto, invece lei sì. L'invasione dello spazio sottile, quello che nulla ha a che vedere con le pareti di casa, mi si chiarirà più avanti. Oggi è troppo presto, sono ancora nuova in questa configurazione. Così, malgrado l'istinto di farmi un caffè mentre loro se la vedono con Emma, li raggiungo. Sperando che la convincano presto. O, se lei non si convince, che la madre la pigli per un braccio e la trascini via.
"Tesoro."
Ha i capelli più scuri della figlia. Un castano bruno, lucido. Donano alla carnagione appena olivastra, agli occhi neri e grandi. Il naso rompe l'equilibrio dando personalità a un volto che altrimenti non ne avrebbe: la fila di denti bianchi, le sopracciglia perfette. Le immagino l'abbonamento in palestra, il brunch domenicale, la depilazione brasiliana e il push-up sotto il maglione. A prima vista non capisco cosa Arno abbia trovato in lei. Ma poi, certo, è americano anche lui. L'anomalia sono io.
"Tesoro, stiamo facendo tardi."
Emma non risponde, continua a tirare fuori giocattoli dal mucchio.
"Ti va una ciambella? La prendiamo mentre andiamo al parco."
Emma scatta in piedi, è già sulla porta: "Muoviti!".
Charlotte e Arno ridono, rido anche io: di sollievo.
"Ciao, Emma," dico. Lei non risponde.

Con un frullare di dita Charlotte ci saluta e finalmente se la porta fuori.

Arno si scusa, io gli dico "Figurati" e riprendo il giornale.

"Se ti va possiamo andare anche noi, qualche volta. Emma adora pattinare al parco. La lanciamo in pista e noi due ci facciamo i fatti nostri."

"A te andrebbe?" gli chiedo.

"Sì. Ma non vorrei farti scappare a gambe levate."

Gli do un bacio: "Non scappo".

4.

L'autunno arriva presto quest'anno, spazzando l'afa dell'estate. Le giornate sono fresche e luminose, i parchi pieni di gente che fa picnic.

Arno e io stiamo insieme il più possibile: approfittiamo anche noi del tempo, la notte dormiamo da me o da lui, certe mattine più libere prendiamo le Citi Bike e andiamo a fare colazione in giro per Brooklyn. La sensazione è di aver trovato casa. Glielo dico una sera a letto a luci spente: "Sto così bene con te".

Nel pomeriggio siamo andati su Atlantic per negozi di antiquariato e abbiamo scovato il disegno di un artista mai sentito: "È morto pazzo, in un ex bordello di Hudson," ha detto la proprietaria. "Lo conoscevo." Ho risposto che lo trovavo bellissimo: due sagome che si affacciano insieme a una finestra. Arno senza esitare l'ha comprato per me, gli abbiamo trovato una cornice e l'abbiamo appeso in camera da letto.

Voleva regalarmi anche un paio di pantaloni che ho visto nella vetrina accanto. Ha voluto che li provassi, ha insistito: "Prendiamoli," diceva, ma il disegno era abbastanza, ho detto di no. "Non farmici prendere l'abitudine," ho scherzato, "che poi sono guai."

Gli è spiaciuto, e poco dopo anche a me.

"Davvero stai bene?" mi chiede ora.

Al buio ha la voce stupita, vorrei riaccendere: "Non lo sai?".

"Arrivo con un bel bagaglio."

"A questa età arriviamo tutti con un bel bagaglio."

Arno rimane zitto, non dice quello che invece dirà più avanti: *Non so se tu sei compatibile con il mio*. Troppo presto, stiamo ancora facendo spazio, fabbricando un mondo nuovo, distogliendo lo sguardo da ciò che speriamo si aggiusti da sé.

Quando allungo la mano a toccargli il petto, mi tira verso di lui. Gli do una carezza, tengo la sua guancia nel palmo: "Ti ho trovato".

La mia terra, dico. Il mio alito sul suo viso: "Il quadro che mi hai regalato siamo noi, no?".

È questo: averlo riconosciuto. Essere due che sono stati scomodi per un tempo così lungo che quando si sono annusati si sono aggrappati l'uno all'altra come bestie: *Eccoti*.

È il momento delle dichiarazioni, quando si spiega perché ci si è innamorati e che prima non era mai successo in questa maniera così viscerale e pervasiva.

"Con te ho scoperto cosa vuol dire appartenere. Intendiamo le cose allo stesso modo, capisci?"

Il momento in cui spieghiamo all'altro – perché lo spieghiamo a noi – le ragioni di un sentimento già radicale.

L'intuizione, la prova che avrò nel tempo, che da lui avrei imparato molte cose: un punto di vista diverso, un senso profondo di generosità. La gentilezza, la fragilità. L'energia inesauribile che in pochi riescono a conservare quando cadono ma non cedono: alla prossima battaglia vincerò io, al prossimo giro toccherà a me. All'infinito. Come i somari che procedono muso a terra e lingua fuori ma non crollano.

"Quindi ci vieni, a prendere il gelato con me."

Gli rido in bocca.

"Almeno ti faccio ridere."

"Perché dici così?"

Come se ci fosse solo quello, senza orgoglio e ammirazione.

"Non lo senti?"

"Sì."

Mente?

Ho ammirato la sua intelligenza, la ammirerò sempre.

"Ma sei anche buffo."
"Ecco."
"È bello essere buffi. Io sono contenta quando ti faccio ridere."
Mi fa sentire sensuale, forte, intelligente. Lui, no. Ha paura di passare per scemo.
"Mi piace come sto con te, Arno."
Forse è così per tutti. Ci innamoriamo dell'altro perché la sua natura permette alla nostra di accomodarsi, rilassarsi, accettarsi, a tratti piacersi.
"E tu?" chiedo.
"Io non ho nessun dubbio."
La voce tornata ferma, inscalfibile.

Un fine settimana prendiamo il treno per Cold Spring, dove passeggiamo lungo il corso, compriamo formaggio carissimo, andiamo sul molo a guardare l'Hudson. Abbiamo la tentazione di fermarci un giorno in più, Arno però deve tornare per una riunione alla scuola di Emma e io ho ricevuto una traduzione per cui dovrò fare ore di ricerca: un'azienda di demolizioni industriali. Potrei lavorare dall'albergo: c'è internet e la nostra camera ha una scrivania, ma stavolta è il turno di Arno, e Charlotte non può andare al suo posto. Così partiamo, con l'intenzione di tornare presto. In macchina gli ripeto che mi piacerebbe non trascorresse troppo tempo. Sono rare le volte in cui, da quando ho conosciuto Emma sei mesi fa, ho Arno per me il fine settimana.
Lui ormai condivide tutte le preoccupazioni, gli intoppi nella gestione, le trattative con Charlotte su doposcuola, soldi, orari. All'inizio non lo faceva, attento a non annoiarmi, diceva, a preservare il nostro tempo insieme. Ora si sente più sicuro di noi, e mi dico che è normale parlare di tutto, anche delle beghe quotidiane che un anno fa ci saremmo tenuti per altre conversazioni.
Succede anche che, quando Arno è da me, Charlotte chiami per qualche emergenza: una febbre improvvisa, un problema in casa. "Non può cercare un idraulico?" chiedo quando

una domenica mattina lui deve uscire di corsa perché le si è allagato il bagno. Arno si irrita con lei, però ha ragione quando mi risponde che la domenica di idraulici non ne trova e che quella è la casa dove abita sua figlia.

Anche se Charlotte non l'ho più vista, è continuamente sullo sfondo: nei discorsi, nelle interruzioni della mia vita con Arno, nella pianificazione. Anche questo è nuovo per me. Prendo le misure di volta in volta, adattandomi a qualcosa che non avevo mai sperimentato.

Non sono ancora rimasta a casa di Arno a dormire quando ha Emma. Troppo presto per me, dico, ma più avanti capirò che si tratta di altro: una resistenza a entrare del tutto in un sistema estraneo, per il quale non ho sviluppato alcun attaccamento.

All'inizio non ho pensato che sarebbe stato un problema. Arno e io viviamo in case separate, lui ha i suoi fine settimana con Emma e in quelle occasioni spesso combiniamo di incontrarci fuori. Perlopiù aspetto che passino e di poterci rivedere noi due da soli. Aggirare l'ostacolo e riprendere la nostra vita. Sarà questa la parola che userà lui la prima volta che litigheremo: "Tratti Emma come un ostacolo".

Comincerò allora a forzare la mia riluttanza, diffidare dell'istinto e lasciarmi andare: io di figli non ne ho mai voluti e adesso c'è questa bambina che con la sua esistenza – naturale, prioritaria – condiziona la mia.

Sono però ancora i tempi in cui gli spazi sono segnati: io dormo da me e noi tre ci diamo appuntamento fuori – un pranzo, il cinema, una libreria. Ogni tanto Emma è invitata a casa di amiche: Arno la accompagna, poi ci troviamo da qualche parte e stiamo insieme finché non andiamo a prenderla. Lei esce da queste feste così piena di zucchero che è difficile calmarla. Chiede altri dolci, se non li ottiene piange. Quando invece non vuole mangiare qualcosa, generalmente a cena dopo essersi rimpinzata di merendine per tutto il pomeriggio, dice di avere mal di stomaco o di testa. Arno la asseconda, lascia che si alzi da tavola oppure la mette a letto e sta con lei, come lei pretende, fino a quando non si addormenta e la nostra cena si è freddata. Mi chiedo se Arno si renda conto che basterebbe dire di no all'ennesimo dolce, che sarebbe meglio se Emma mangiasse meno zuccheri, che imparasse a fare pasti sani e regolari. Così come bisognerebbe spiegarle che non si può comprare qualcosa che finirà dimenticato in un angolo ogni volta che si esce, e che se a scuola prende un brutto voto è perché non ha studiato e non perché la maestra ce l'ha con lei.

Ma non dico nulla: cosa ne so io, in fondo. E poi, come educano Emma è al momento ancora un affare che non mi riguarda.

Durante i fine settimana da Arno, Emma di notte si alza e va a dormire nel suo letto. Si agita nel sonno e lo tiene sveglio. Capisco sempre quando succede perché il giorno dopo lui è stanco morto.

Quando si sveglia con lei accanto, Arno prova a convincermi: "Tremava tutta, sono incubi veri".

Io non ci credo.

Piano piano Emma e io cominceremo a sviluppare un rapporto parallelo, un territorio esclusivo in cui la consapevolezza dell'altra si farà acuta, e dove presto, ognuna per conto proprio, metteremo in campo strategie per difendere ciò che reputiamo nostro, e vincere l'attenzione di Arno. Sbaglierò, me ne renderò conto. Quel che non riuscirò a capire è come mai io non sia in grado di prendere una distanza nemmeno ora che è piccola, vedere Emma per quello che è: una bambina. Io vedo già la persona, le intenzioni, le invenzioni, la pianificazione consapevole e calcolata.

Arno, invece, cede. Mi spiega anche la ragione: "Sto con lei poco, non voglio essere il padre che le nega le cose. Voglio che si diverta con me, che passi dei bei momenti".

Del senso di colpa e della sua percezione di sé non parla: un uomo che ha abbandonato sua figlia quando era piccola. Inizio a vedere questo, perché questo Arno mi spiega: "Sono andato via, non posso dirle di no". Non ho ancora la consapevolezza che avrò più avanti, quando a questa giustificazione aggiungerò la mia prospettiva, la mia conoscenza di Arno: cose che non gli sono chiare, cose che non sono mai completamente chiare a chi ci sta in mezzo e deve costruire la propria vita contro, e nonostante. Come tutti.

Sta di fatto che a me non piace vedere Arno così. Così ingenuo, remissivo. Che non sia fermo con lei me lo mostra sotto una luce sgradevole, e rimango sola a trovare assurdo questo scenario, in cui i desideri di una bambina prescrivono le nostre giornate.

Ad Arno non lo dico ancora, sebbene iniziamo ad avere contrasti seri.

Accade una sera in cui ha deciso di preparare la pizza. Gli ho regalato una pietra refrattaria: Emma adora la pizza e Arno è sempre alla ricerca di cose da fare insieme. Il pomeriggio usciamo a comprare gli ingredienti e quando rientriamo li lascio soli. Oltre alla pietra, ho preso anche quattro calici che ho visto da ABC. Bellissimi, eleganti: ne lavo due, ci verso il vino, con il mio mi siedo sul divano a leggere mentre, in sottofondo, arriva il loro chiacchiericcio dalla cucina.

Fuori c'è ancora luce, la strada è attraversata da donne con i passeggini, ragazzi in monopattino, coppie e bambini. Mi piacerebbe scendere in giardino con il mio bicchiere e il libro mentre loro cucinano, ma sento che rovinerei qualcosa – escludermi da una possibilità anche quando sto bene –, perciò resto.

Qualcuno sta suonando un violino, è la prima volta che lo sento, lo sentirò spesso nei prossimi mesi: viene dall'edificio di fronte. Immagino un ragazzo, o forse piuttosto un uomo, una donna: sembra una mano sicura. Affacciandomi, vedo solo qualche finestra accesa: al primo piano, una pila di scatole e alcune piante su un davanzale; al secondo, una libreria che copre l'intera parete; al terzo, la sagoma di una ragazza che passa rapida di fronte a un televisore; al quarto, più in alto rispetto a me, un soffitto stuccato da cui pende un lampadario gigantesco.

Quando vado a sbirciare in cucina, Emma è in piedi su uno sgabello con una palla di pasta in mano e Arno sta preparando gli ingredienti da mettere sulla pizza.

"Io quelli no, per favore," sorrido indicando i würstel e l'ananas che Emma ha voluto assolutamente comprare.

Arno indica Emma: "Li mettiamo solo sulla sua".

"Tutto bene?" chiedo.

Lei manda un "huh-huh" concentrato infilando le dita nella pasta che non ne vuole sapere di stare piatta.

"Sei sicura di voler mettere l'ananas sulla pizza?"

Emma risponde allo stesso modo, poi, come ricordando qualcosa, aggiunge: "E pure i würstel".

"A me non sembra che vadano tanto bene insieme..."

Emma scrolla le spalle, inizia a battere il pugno sulla pasta: "Papà!" grida. Arno la aiuta, mostra come muovere il mattarello per lei enorme. Li lascio quando si mettono alla decorazione delle pizze.

Dopo un po' Emma mi chiama: "È pronto!".

È fiera ed eccitata e, quando Arno tira fuori le pizze dal forno, lancia un gridolino.

Arno taglia a metà la più grande per noi due e mette in un piatto la sua, ricoperta di quel che ci ha voluto sopra: mozzarella, pomodoro, mais, würstel, cipolla e ananas. Io non commento, nemmeno quando sedendosi manda un peto sollevando la natica verso di me. Ride a crepapelle, Arno le dice che è disgustosa ma ride anche lui. Io agito la mano nell'aria, un po' per stare allo scherzo, un po' per disperdere la puzza.

Penso al violino, al benessere di poco fa, che voglio far durare.

"C'era un violino, prima."

"Suonano quasi ogni sera."

"Non l'avevo mai sentito."

"Devi venire più spesso," dice Arno strizzandomi l'occhio.

Assaggiamo la pizza e, come immaginavo, a Emma non piace la sua. Al primo morso piega la bocca in una smorfia di disgusto e sputa il boccone nel piatto, che spinge via. Allunga una mano verso la mia fetta e io la fermo: "Questa è la mia".

Lei mi guarda senza capire: "Voglio quella".

"Te l'avevo detto che non ti sarebbe piaciuta."

Emma allunga di nuovo la mano verso la mia pizza, io la

fermo ancora. Arno interviene: "Lascia Livia tranquilla," dice, "prendi la mia", e le mette una fetta nel piatto.

Emma la divora, ne chiede un'altra e, nel giro di pochi minuti, la finisce. Io taglio la mia a metà, allungo il piatto ad Arno, ma lui solleva una mano: "No, grazie".

"Prendine, ti ha finito la tua."

"Mangiala tu."

"Davvero, ce la dividiamo. Non puoi mica mangiare quella schifezza."

"Mangiala, visto che hai tutta questa fame."

Rimango interdetta, lui svuota il bicchiere e poi si alza ad aprire il frigo. Tira fuori del cibo avanzato, apre il pacco del pane e se ne butta due fette nel piatto.

Quando si risiede, guarda il mio: "Non mangi?".

Emma ne approfitta e afferra una fetta dal mio piatto che, strappandosi, finisce sulla tovaglia. Arno si alza di scatto, recupera la fetta, la getta nel piatto di Emma.

Né io né lui diciamo niente mentre Emma la morde: "Che buona la pizza che ha deciso lei!".

Arno le sorride teso: "Se non conosce la pizza un'italiana...".

La tenerezza non è per me, Arno nemmeno mi guarda e sono certa – certa – che se in questo momento io non ci fossi starebbero meglio tutti e due.

Emma fa sì con la testa, vuole fargli piacere, poi, con il boccone tra i denti, sussurra: "Però l'abbiamo fatta noi...".

Arno ride: "E guarda il risultato!" dice indicandole la sua porcheria.

Ride anche Emma. Io no.

Subito dopo, iniziando a scalciare sotto il tavolo, lei chiede di assaggiare il vino che Arno sta versando. Gliene dà sempre un sorso, per farle il palato, dice. Questa abitudine mi fa tenerezza: me lo dava anche mio padre quando ero piccola, allungato con un po' d'acqua.

Le avvicina il calice.

"Mettiglielo in un bicchiere più piccolo," dico.

"Non c'è bisogno."

Emma prende il bicchiere con le mani sporche, ci appoggia le labbra per assaggiare e, inclinandolo, lo sbatte contro il bordo del tavolo. Il calice cade e si spacca sul pavimento.

"Cazzo!" grida Arno saltando in piedi. "Non ti muovere," ordina a Emma, che raccoglie le gambe al petto e dice: "Ops".

"Scusati, almeno," le dico.

Arno si solleva di scatto: "Tu non ti preoccupare".

Non rispondo, non mi muovo. So che se proponessi di aiutarlo rifiuterebbe: è furibondo. Con Emma, con me.

Mentre erano in cucina a impastare e io seduta sul divano, avevo considerato l'idea di fermarmi a dormire qui come Arno mi ha chiesto stamattina. Invece raccolgo le mie cose e, con lui che mi guarda zitto dai fornelli, apro la porta e me ne vado.

A casa mi infilo subito a letto. Penso e ripenso alla serata, dove ho sbagliato, perché non ho assecondato Emma. Non ho ancora capito cosa mi scatta dentro, ma è esplosivo.

Chiamo Evelyn, le racconto per filo e per segno quello che è successo.

"Questa ragazzina fa il diavolo che vuole, ti rendi conto?"

"Purtroppo temo che non sia colpa sua..."

"Sì, ma ne pago le conseguenze io."

"Lo so. Puoi magari pensare che la vedi poco?"

"Quel poco è più che sufficiente."

"E Arno che fa?"

"Arno non capisce che Emma è più furba di lui e sua madre messi insieme."

"Forse è solo capricciosa."

"*Molto* capricciosa," dico, e ridiamo un po'.

Spengo il telefono, la luce. Parlare con Evelyn mi ha calmata, ma dormo male lo stesso.

Il mattino dopo arriva una bottiglia di vino a casa, con un biglietto: *Torna, parliamo*. La prima di molte, che non berrò mai. Inizierò a chiamarle "le bottiglie del tormento" e non le aprirò, convinta che mi andrebbero di traverso. Sono in una scatola, coperte di polvere. Sono dodici. Non perché Arno e io abbiamo litigato per Emma solo dodici volte, ma perché dopo la dodicesima è diventato normale anche quello. O piuttosto, mi correggerebbe Arno se fosse qui ad ascoltare i miei pensieri, perché da un certo punto in avanti non c'è più stato bisogno di regali: bastava parlare, sradicare ogni residuo di amarezza a suon di conversazioni estenuate e colme di un impegno a cui nessuno dei due voleva mancare.

Arno mi ha preceduta di poco: stavo per chiamarlo. Emma resta lì fino alle sei e tutto ciò che desidero è essere con loro, dimenticarmi di ieri, stare bene. Cucinare con Arno la sera, quando saremo di nuovo soli, aprire la finestra al buio e provare a indovinare da quale appartamento viene il suono del violino, fare l'amore.

Quando arrivo, Arno mi abbraccia ed Emma saltella allegra.

"Abbiamo preparato i pancakes!" grida.

Chiedo che programmi hanno per la giornata.

"Andiamo a Coney Island!"

"Vieni?" mi chiede Arno piano nell'orecchio, stringendomi.

Lo stringo anche io. Non sappiamo con chiarezza cosa è successo, ma intuiamo cosa potrebbe accadere. Allora premiamo i corpi l'uno contro l'altra, senza dire niente. Emma ci abbraccia le gambe: "Siamo una famiglia!" grida, e Arno mi guarda subito: "Orrore orrore!" ride. "Siamo una famiglia!" Rido con lui, anche se la punta di orrore l'ho sentita davvero ma non glielo confesserò mai, e continuiamo a stringerci finché Emma non ci batte sulle cosce: "Vi siete addormentati?".

Scendiamo dalla metropolitana, il cielo è coperto. Arno annoda la sciarpa intorno al collo di Emma, io le metto il berretto. Lei, cominciando a correre lungo la passeggiata, si spoglia: "Prendi freddo, mettili tu".

Sorrido, la ringrazio.

Il luna park è chiuso. Ad Arno sarebbe piaciuto portare Emma alle giostre, ma riaprirà domenica prossima: fa ancora freddo e tira troppo vento. Un vento gelido, dal mare. Per questo vento stasera i cappotti porteranno odore di salsedine, qualche granello di sabbia. Di cui Emma avrà le scarpe piene, perché a un certo punto decidiamo di scendere a riva. Lei corre, si sporge sulla battigia a sfiorare le onde, torna indietro ridendo quando ce n'è una più grossa che rischia di inzupparla.

"Guarda, Livia!" mi indica qualcosa che ha visto sott'acqua.

Vado a vedere. "Guarda!" ripete.

Mezzo sepolto nella sabbia c'è un guanto di pelle che, per il movimento delle onde, pare ci saluti.

"Chissà chi l'ha perso," dico accovacciandomi di fianco a lei. "Vuoi che lo prendiamo?"

"No! Lasciamolo lì," risponde appoggiandosi a me.

Le do un bacio: "Magari l'oceano lo riporta al suo proprietario".

Respiro contenta, chiusa nel cappotto torno nell'abbraccio di Arno. Controllo che Emma non cada, anche se c'è suo padre. Un istinto, ho scoperto. Come quello di tagliarle la carne al ristorante perché Arno non ci pensa o prenderle il giaccone quando usciamo. Non me lo chiede nessuno, ma io non riesco a non farlo. È lo stesso istinto che mi spinge a correggerla, dire no quando vuole l'ennesima caramella, rimanere fredda ai suoi capricci. Da subito, con naturalezza. L'istinto a proteggerla e l'istinto a contenerla.

Guardiamo Emma e il mare grigio e verde, ancora sospesi. Tra poco ci scuseremo per ieri, diremo che eravamo stanchi, che Emma è stata una peste mentre sorridiamo indulgenti. Sono sempre così le riconciliazioni: un intontimento estatico e appagato, una sospensione della realtà e del vero, una fantasia.

5.

Rivedo Charlotte qualche giorno dopo: ci ha invitati alla sua festa di compleanno.

"Anche me?"

"È una cosa tranquilla, a casa. Ci saranno anche Bob con sua moglie e i bambini, e un'amica di Charlotte."

Lo dice per rassicurarmi sul fatto che non sarà un festone con decine di invitati, e dovrei essere contenta: mi piacciono le occasioni in cui incontrare gente nuova, dove poter tessere conversazioni invece di gridarsi banalità nelle orecchie. Bob, poi, quando l'ho conosciuto mi era rimasto simpatico: un uomo enorme, con barba e baffi neri, capelli ricci e sopracciglia folte, il sorriso gentile. Una serata di chiacchiere e buon cibo, assicura Arno di fronte alla mia mancanza di entusiasmo: "Bob è un cuoco favoloso".

"Dobbiamo portarle un regalo."

"Una bottiglia di champagne e sarà felicissima."

In macchina guardo fuori per tutto il tragitto: è la prima volta che vengo nel quartiere di Emma. La casa è ricoperta di losanghe bianche di legno, ha il tetto a punta, tre scalini d'entrata, un giardino sul retro. Una casa come migliaia a Brooklyn e nel Queens. Però grande. Distribuita su due piani più uno scantinato, è tre volte il mio appartamento.

Siamo gli ultimi ad arrivare. L'amico di Arno, sua moglie Meghan e i due figli sono già qui, e così l'amica di Charlotte.

"Josephine," si presenta.

Capelli corti, bionda, vestita come me – jeans e camicia – mentre Meghan e Charlotte indossano un abito. Al ginocchio Meghan, lungo con una scollatura profonda sulla schiena Charlotte. Che ci saluta e ci offre subito da bere ondeggiando sui tacchi alti. Anche Bob, che indossa un paio di pantaloni di velluto e un dolcevita scuro, è più elegante di me. Vengo distratta da questa considerazione quando i bambini entrano correndo in soggiorno a chiedere cibo. Sistemato su vassoi lungo il ripiano della cucina, è a tema vegano: verdure, fagioli, tofu, cracker, insalate di farro, quinoa e riso, semi e frutta fresca e secca.

Arno mi passa accanto, si china a sussurrarmi nell'orecchio: "Non ha cucinato Bob. Speriamo che le chiacchiere vengano meglio". Ridacchio, lancio un'occhiata a Charlotte per verificare che non si sia accorta che le stiamo criticando la scelta politicamente corretta di servire segatura ai suoi invitati.

Accanto al buffet, tre bottiglie di rosso aperte e in frigo mezza dozzina di bianchi, più il nostro champagne. Una torta di compleanno e quattro piatti di dolci sono allineati in fondo, fuori dalla portata dei bambini: cupcake senza burro, brownie con la margarina, tiramisù ("L'ho fatto io in tuo onore," mi dice Meghan, e io mi trattengo dal chiedere cos'abbia messo al posto degli ingredienti), nel congelatore due vaschette di gelato che i bambini saccheggeranno.

"Non saluti Livia?" chiede Charlotte.

Emma, che è di schiena davanti a me, inizia a guardarsi intorno: "Dov'è? Livia? Livia!".

Io non capisco: "Emma, sono qui".

Ma lei continua: "Liviaaa! Dove sei? Non ti vedo!".

Grida facendo ridere i suoi amichetti, butta le braccia in fuori, i palmi in su: "Livia! Ma dove sei?".

La prendo per le spalle, la volto e lei, mimando una sorpresa esagerata, grida: "Ah, eccoti! Non ti vedevo!".

Ridono tutti, io mi sento un'idiota.

Mi raddrizzo, guardo Charlotte che senza rimproverarla ci invita a servirci. "I dolci dopo, Emma," le dice, "prima devi mangiare qualcosa di salato."

I bambini scendono nello scantinato con i piatti colmi, noi ci sediamo a tavola.

Iniziano a parlare della scuola, dei figli e del lavoro. Mi spiegano che Charlotte e Bob erano colleghi, poi lui ha lasciato la direzione del teatro e aperto una scuola di recitazione nel Westchester, dove si è trasferito con la famiglia.

"Mi manda gli studenti migliori," dice Charlotte con una strizzata d'occhio.

"Quindi sei rimasta solo tu?" le chiedo.

"Sì. C'è molto lavoro, è un teatro piccolo ma facciamo un sacco di cose. Sei mai venuta?"

Un teatro incastonato tra le case del West Village. Ci sono stata una volta, a sentire la lettura del romanzo di una scrittrice francese, che mi era piaciuta molto.

"Sì, era uno..."

"Oddio, Bob," mi interrompe saltando sulla sedia, "ma tu non sai la novità!"

Torno a mangiare, pescando nel piatto i pezzi di verdura che, a occhio, non sono stati affogati nelle spezie. Me l'aveva detto, Arno, che Charlotte in cucina è peggio di uno scienziato in acido.

"Peter si è dimesso."

"Peter? E come mai?"

Arno si volta verso di me: "Il regista".

Annuisco, mastico, torno ad ascoltare Charlotte di cui dal mio posto, quando allunga un braccio attraverso la tavola, vedo il seno. Ha un neo marrone e bombato sopra il capezzolo, mi chiedo che effetto facesse ad Arno.

I bambini tornano, vogliono il dolce.

"Una cosa allucinante," dice Charlotte alzandosi a servirli.

La ragazzina, Juliette, è più grande di Emma. Stanno parlando fitto di qualcosa, Juliette le dà un bacio sulla guancia, Emma ride e la abbraccia. Il fratellino, Graham, corre rassegnato appresso alle femmine. Prima di scendere controlla di avere ricevuto un pezzo di ogni dolce, poi sembra tentato di rimanere con noi.

"Ciao," gli dico.

Lui fa qualche passo verso di me.

"Ti diverti?"

Graham si chiude nelle spalle.

"Che fate laggiù?"

"Ballano."

"E tu?"

"Le devo fotografare. Ma non sono capace," dice avvilito.

Gli do una carezza: "Sono sicura che sei bravissimo. Però non devi farlo se non ne hai voglia. Vuoi rimanere con noi?".

Graham lancia un'occhiata a sua madre. Mi volto: ci sta osservando. "Tutto bene, tesoro?"

Lui fa sì con la testa, poi bisbiglia: "Mi sa che devo andare".

Lo guardo, riconosco il germe di qualcosa che si porterà dietro tutta la vita: "Puoi stare qui con me se vuoi. Mangiamo i dolci insieme".

Il viso di Graham si rischiara, ma Juliette ed Emma urlano il suo nome dallo scantinato, e lui fila di sotto.

Torno al tavolo, sorrido a Meghan che solo a quel punto smette di fissarmi.

"Peter ha *letteralmente* perseguitato una delle attrici," sta dicendo Charlotte, "e lei, invece di starsene zitta come evidentemente lui sperava, l'ha denunciato."

"In che senso, perseguitato?" dice Bob.

"Messaggi, telefonate. La seguiva a casa dopo le prove. Ci crederesti? Impazzito."

"Peter? Mi sembra strano. No?"

"Guarda, io sono *letteralmente* scioccata."

"Quel porco," commenta Meghan.

"E ora?"

Charlotte beve: "Intanto si è dimesso. E meno male che ci ha pensato da solo".

"Tu lo conosci?" chiedo ad Arno.

"L'ho incontrato un paio di volte. Non mi è sembrato uno che molesta le donne, ma non si può mai sapere."

"Povera Susan," dice Meghan vuotando il bicchiere.

La moglie, deduco.

"Ha avuto coraggio," commento, "non dev'essere facile convincersi a denunciare."

"Anche perché lavorano insieme da anni," risponde Charlotte. Riempie i bicchieri, solleva il suo: "Vaffanculo ai maschi, era ora che pagaste!".

Ha gli occhi lucidi, la voce impastata. Meghan e Josephine lanciano un vaffanculo a testa e brindano con lei.

Emma torna su, viene a dire qualcosa ad Arno, piazzandosi tra me e lui, di spalle. Le accarezzo la schiena: "Ciao". Lei si interrompe fino a quando non sente che tolgo la mano, poi riprende a sussurrargli nell'orecchio.

"Tra un attimo," risponde lui.

La conversazione passa ad altro e finisce sul contratto che Josephine ha appena firmato con un grosso editore americano.

"Un romanzo?" le chiedo.

"Un saggio sulla nuova stregoneria."

Charlotte lancia un grido di trionfo, Josephine spiega: "Per adesso ho solo una proposta e qualche capitolo, ma voglio raccontare come le donne stanno riscoprendo la stregoneria per opporre il loro potere alla società patriarcale".

"E le hanno dato un anticipo di ventimila dollari," dice Charlotte posando la testa sulla sua spalla.

Nel coro che si solleva io non dico nulla e cerco di parlare il meno possibile sino al termine della serata.

Quando finalmente ci alziamo per andarcene, non ne posso più. Charlotte mi dà un bacio sulla guancia, ci ringrazia per lo champagne e tenta un debole richiamo a Emma perché salga a salutare. Io non ci tengo, ho soltanto voglia di andare a dormire.

"Ventimila dollari per un libro sulla stregoneria," dice Arno salendo in macchina.

"Un'idea avvincente."

"Potremmo fare anche noi qualcosa del genere. Tipo un manuale su come incarnare lo spirito dei sette nani per trasformare topaie in quadruplex di lusso. A New York farebbe furore."

"Oppure quello di Alessandro Magno per riscrivere i codici della mascolinità dell'uomo moderno, che sarebbe ancora più attuale."

Andiamo avanti così fino a casa sua. Stanotte abbiamo deciso di stare da lui, anche se domani ho una riunione a Manhattan.

Ci infiliamo a letto subito, io cerco il suo abbraccio.

"Ti sei divertita?" chiede.

Di' di sì, penso.

"Tu?"

"Molto. Sono contento di vedere Bob ogni tanto. Non capita spesso."

"Da quando hai divorziato?"

Meghan e Charlotte sono molto amiche, forse Bob si è trovato in difficoltà.

"Da quando si sono trasferiti in Westchester. E per il suo nuovo lavoro: non ha mai tempo."

In effetti mi sono sembrati tutti tranquilli, insieme. Le prese di campo, se ci sono state, sono impicci del passato.

"Charlotte era contenta?"

"Direi di sì," mi guarda Arno. "Pensi di no?"

"Sì, sì. Ma io non la conosco."

"Era molto contenta. Mi ha detto che le piaci."

"Ah sì? E come mai?"

Ride. Non capisce cosa intendo, pensa *Come mai le piaccio?*, invece di *Come mai te l'ha detto?* Parlano di me?

"Perché sei adorabile."

Mi dà un bacio, lascio stare.

"Non ti manca mai?"

"Chi, Charlotte? Figurati."

"Siete stati insieme tanti anni."

"Sì, ma molti per abitudine. Da ben prima della nascita di Emma."

Mi stupisco: "Da prima? E perché non vi siete lasciati?".

Hanno fatto Emma per quello?, mi chiedo. Nulla di straordinario, in effetti. Quanti matrimoni, figli, case nuove per cercare di tenere insieme qualcosa che insieme non ci sta più.

“Stavo per lasciarla quando mi ha detto che era incinta di Emma.”

“E lei se n’era resa conto?”

“Non credo.”

“Facevate vite separate e non sapeva che volevi lasciarla?”

“Charlotte è una donna molto autonoma. Ha il suo lavoro, le sue amiche, una casa, un mondo solido. Io ero il marito che andava bene.”

“Andava bene in che senso?”

“Corrispondevo al piano.”

“E come ti sentivi?”

“Facevo anche io la mia vita. Alla fine,” aggiunge, “ho capito che l’amore non c’entrava un granché.”

Sto per chiedere altro quando lui cambia argomento: “Emma era in forma stasera”.

“È sempre in forma, mi pare.”

“Lei e Juliette mi hanno mostrato un ballo che hanno imparato dalla babysitter di Emma, una roba R&B con tutto un dimenare di chiappe... La devi vedere, è da morire dal ridere. Il prossimo fine settimana starà qui. Mi piacerebbe che ti fermassi.”

Non rispondo subito. Poi, sentendo il suo corpo tendersi: “Va bene”.

“Vedrai che ci divertiamo,” dice baciandomi la fronte.

6.

Il venerdì dopo Arno propone un ristorante vicino al suo appartamento. Il programma è cena fuori e film a casa.

Quando arrivo, loro due sono già lì. Emma sta disegnando sulla tovaglietta di carta del locale, mi chino a darle un bacio sulla testa.

"Sto facendo una sirena."

"Che brava. Poi me la fai vedere?"

Emma fa uno dei suoi "huh-huh" e continua tranquilla mentre poso la borsa per il fine settimana.

"È per te," dice Arno.

"Papà! Era una sorpresa!"

Lui si mette una mano davanti alla bocca, fa la faccia desolata: "Scusami, tesoro!".

"Hai rovinato tutto!"

"Ma no..." le dico, "anzi, così me la godo ancora di più. Grazie! Poi decidiamo insieme dove appenderla, va bene?"

"Se mi viene," risponde Emma ricominciando a disegnare imbronciata.

Le do una carezza: "È già bellissima".

Ordiniamo hamburger e patatine, Arno mi racconta di una proposta che ha ricevuto: "È un'azienda che progetta cicli di formazione. Vogliono espandersi nei paesi anglofoni, che assegnerebbero a me".

"Quindi cambieresti lavoro?"

"Si tratterebbe sempre di InfoSec, però insegnerei, sì."

“E ti piacerebbe?”
“Non lo so, non l’ho mai fatto, ma ci sarebbero dei corsi preparatori. Ormai da noi sono sempre le stesse cose, non ho più chissà quali prospettive.”
“È un’ottima opportunità, allora.”
“Vorrebbe dire lavorare di più e complicare l’organizzazione.”
“L’organizzazione?”
Indica Emma.
“Viaggeresti nei weekend?” chiedo.
“Forse. Ma anche se fosse solo in settimana...”
Colloqui con gli insegnanti, saggi di fine anno, doposcuola, dentista, pediatra, emergenze. Arno è sempre stato nell’orbita di sua figlia, anche se lui e Charlotte sono separati da anni. Forse la prima volta in cui si è allontanato è stata quando siamo andati a Cold Spring.
“Devi parlarne con Charlotte.”
“Gliel’ho già detto. Dice che in qualche modo faremo.”
Certo, penso, bisogna prima capire se si può fare e solo dopo parlarne con me.
“Sarebbe bello se qualche volta potessi venire anche tu.”
“Molto.”
Partire noi due soli, andare in Europa, in Australia, addirittura in Asia. A quanto dice Arno, è un’azienda in fortissima espansione, stanno aprendo filiali e avviando collaborazioni in tutto il mondo.
I piatti arrivano, la cameriera chiede a Emma se può posare l’hamburger sul suo disegno.
“Tanto non mi viene.”
“Oh, che peccato,” dico.
“È perché le ho rovinato la sorpresa,” sorride Arno.
“*Esatto*,” risponde arrabbiata Emma.
Arno si china e le mette il naso nel collo: “Tutta colpa del tuo papà,” le soffia sulla pelle, e lei si accartoccia ridendo: “Smettila!”.
Arno si raddrizza: “Gliene farai un altro”.

Emma però non ascolta già più: prende una patatina che intinge nel ketchup, inizia ad agitarsi sotto il tavolo.

"Emma, tesoro, mi stai tirando calci," le dico.

"Scusa," mastica.

Si gira un po', colpisce la sedia accanto alla mia.

"Emma."

Lei passa all'hamburger, che non le sta tra le mani. Ma è abituata, quindi lo appiattisce con le dita, lo sposta verso il bordo del piatto e si china a dare un morso. Il sugo della carne scende lungo il mento, le do il mio tovagliolo. Lei torna a scalciare e guardare in giro.

"Papà?"

Arno sta leggendo qualcosa al telefono: "Sì?".

"Voglio farmi un tatuaggio."

"Domani li prendiamo."

"Lo voglio vero."

Arno la guarda: "Hai otto anni".

"E quindi?"

"E quindi non se ne parla."

"Shanice ne ha uno bellissimo."

"E chi è Shanice?"

"Papà! La mia babysitter!"

"Non sapevo che si chiamasse Shanice."

"Gliel'ho detto tipo uno zilione di volte," dice a me facendo chissà perché il numero quattro con le dita.

"Quando ne avrai diciotto potrai farti tutti i tatuaggi che vuoi. Domani ti compro quelli per bambini, così non sei da meno di Shanice. A proposito... dopo devi far vedere a Livia il balletto che ti ha insegnato."

Emma lo guarda aggrottando la fronte e allargando le narici: "Il balletto?".

"Quello che mi hai mostrato al compleanno della mamma."

"Non mi ricordo."

"Ma sì, lo facevi con Juliette..."

Emma scrolla le spalle, liquida la questione.

Finito di mangiare ha mani, polsi e felpa sudici.

"Pronta per la lavatrice," dice Arno tentando di pulirla.

Emma vuole anche il dolce: “Churro!”.

“Hai mangiato un hamburger intero *e* le patatine. Non mi sembra una buona idea.”

“Voglio il churro, papà...” inizia a gemere lei battendo i piedi contro la panca.

“Smettila,” dice Arno.

La cameriera torna a prendere i piatti, Emma grida: “Papà!”.

“Un churro, per favore. In effetti è buonissimo...” mi dice.

Poco dopo arriva un piatto con dentro sei biscotti oblunghi ripieni di crema al caramello e cosparsi di zucchero e cannella sopra una pallina di gelato. Emma prende il primo biscotto, che si infila intero in bocca. Mastica dondolandosi sulla panca, le mani sotto il tavolo, il mento che quasi tocca il piatto.

“Emma, sta’ dritta,” dico, e lei automaticamente raddrizza la schiena, per incurvarsi subito dopo.

“Emma.”

Mi guarda, solleva un braccio, posa il gomito sul tavolo, appoggia la testa al dorso della mano e affonda il cucchiaio nel gelato. Poi prende un altro biscotto, che si spinge in bocca con il palmo.

Arno sta bevendo il caffè con il telefono in mano. Gli tocco un dito, lo posa.

“Ti hanno detto quando inizieresti?”

“Se va tutto liscio, maggio del prossimo anno.”

Emma si sta sistemando una ciocca di capelli dietro un orecchio con la mano sporca di caramello.

“È una gran bella occasione.”

Anche per noi. Da quando conosco Emma, non riesco a elaborare come prima le cose che accadono. La gratuità ha lasciato spazio al calcolo, in una sorta di geometria mentale che tiene conto sempre, in ogni minuto, di quanto potrò permettermi di perdere, e quanto riuscirò a conquistare.

Appena entriamo in casa, Emma corre verso la catasta dei suoi giochi, che inizia a spargere intorno.

“Emma, non fare casino,” dice Arno.

"Hai detto casino," risponde lei pescando la parrucca fucsia dal mucchio.

Arno posa la mia borsa in camera da letto, io resto in piedi nell'ingresso. L'aria dell'appartamento si è agglutinata al corpo di Emma. Ho l'impressione che non ci sia un posto in cui stare senza che lei l'abbia già occupato.

"Scendo un attimo in giardino," dico ad Arno.

Mi siedo sulla panchina sotto il gelso, respiro a fondo: il bisogno di ritrovare uno spazio in cui accomodarmi senza il timore di essere sgombrata. Come quello di togliermi il disordine di Emma dalla vista, o trovargli un posto preciso, invece dei mucchi buttati in ogni angolo. Mi viene in mente la volta in cui, alla sua età, i miei mi avevano portata a trovare una cugina che aveva un orso di peluche bellissimo: enorme, bianco. Ero rimasta folgorata e ci avevo giocato tutto il tempo. Al momento di andarcene, mia zia voleva regalarmelo. Avrei dovuto dire *No grazie, zia*, abbracciare mia cugina che piangeva. Invece sono rimasta zitta, il peluche stretto tra le braccia, immobile contro l'ordine dei miei di lasciarlo lì. Mia zia insisteva, ordinava a sua figlia di tacere, a mia madre di lasciarmi avere quel regalo. Ma i miei genitori non avevano voluto e io avevo dovuto restituirlo a mia cugina, che me l'aveva strappato di mano ed era scappata in camera. Eravamo tornati a casa e non me l'avevano comprato.

Inspiro, guardo verso la finestra dell'appartamento di Arno. Mi piacerebbe avere la serata per noi due. Soddisfatti del tempo con Emma, andarcene al cinema, a teatro. Adesso salgo, continuo a ripetermi. Forse, se aspetto ancora un po', lei sarà a dormire.

Invece è sveglia e pure su di giri.

"Che facciamo?" grida appena entro.

Io guardo Arno. Stavi aspettando me?, vorrei quasi chiedergli.

"Guardiamo un film? Emma, ti va di vedere *Frozen*?"

"L'abbiamo visto tipo uno zilione di volte," risponde lei ripetendo quell'espressione che deve aver imparato da poco.

Arno inizia a scorrere i cartoni animati fino a quando Emma ne sceglie uno. Si è messa la parrucca fucsia, si volta verso di me incrociando gli occhi, allargando le narici e tirando fuori gli incisivi. Vuole farmi ridere, ma la trovo brutta. Poi si sistema contro di me, allunga un braccio intorno alla mia vita. Io le poso una mano sulla gamba, gliela accarezzo. Sto per darle un bacio sulla testa, mi fermo in tempo e tocco una ciocca della parrucca: è più morbida dei miei capelli.

"È costata duecento dollari."

"Cosa."

"La mia parrucca."

"Duecento dollari?"

"Gliel'abbiamo regalata l'anno scorso quando si è fatta male cadendo dalla bicicletta. Miracolosamente non l'ha ancora persa."

Emma si solleva di scatto, sbattendo la testa contro il mio mento.

"Mi ero fatta malissimo!"

"Come minimo ti devi essere rotta una gamba per giustificare duecento dollari di parrucca. Come se ne avessi bisogno, poi, con quei bei..."

"*Ne ho* bisogno!" grida ancora. "È il mio avatar superstar."

Torna a spalmare il corpo contro il mio, mi posa il braccio intorno. Non mi è mai stata così vicina. Potrei sentire il suo odore se non avessi la parrucca impolverata sotto il naso.

Il film non lo finiamo. Emma si addormenta, Arno la prende in braccio e la porta in camera.

"Cosa vuoi fare domani?" mi chiede.

"Quello che hai programmato per voi due."

"Non ci ho ancora pensato."

"Hai visto se ci sono mostre o eventi per bambini qui intorno?"

"Domani guardo."

Vado in bagno e uscendo vedo la luce accesa nella stanza di Emma.

"Non dormi?"

Lei si volta di scatto verso di me, un Chupa Chups in bocca.

"Emma..."

Mette il dito davanti alla bocca: “Shhhh!”.
“Lavati i denti, dopo.”
Emma fa segno di sì con la testa e mi sorride con il Chupa Chups a gonfiarle una guancia.
Torno a letto, non dico niente ad Arno: mi diverte questa piccola complicità. Spengo la luce e mi addormento subito.

Quando Emma arriva in lacrime mi spavento. Arno accende l’abat-jour: “Cos’è successo?”.
“Ho mal di stomaco!”
“Te l’avevo detto di non...”
Emma piange ancora più forte, Arno la abbraccia: “Ti faccio una limonata”.
“No!”
“Una tisana per digerire, allora.”
“No, non voglio niente!”
Arno la accompagna in camera sua: “Sto un po’ con lei,” mi dice spegnendo la luce.
Guardo l’ora: le due. Li sento parlare nell’altra stanza, poi torna il silenzio.
Quando entra accendo: “Come sta?”.
“Male. Adesso si è riaddormentata, speriamo che le passi.”
“Forse voleva solo che rimanessi di là.”
“No, stava male. Ha mangiato troppo.”
“La prossima volta non farle prendere il dolce.”
“Sì. Poverina. Camminava tutta curva...”
“Secondo me voleva solo un po’ di attenzioni... Dev’essere strano per lei avermi qui.”
“Figurati,” risponde subito Arno, “sapeva che ti saresti fermata. Aveva proprio mal di stomaco. Spero che domani stia bene, non vorrei doverla portare dal medico.”
“Non penso sarà il caso. Prima di andare a letto l’ho beccata con un Chupa Chups in bocca.”
Arno è sorpreso: “Davvero?”.
“Non credo che stia male.”
Spegne la luce. Io tengo gli occhi aperti nel buio.

7.

Mi sveglio presto, stanca. Né io né Arno abbiamo dormito bene.

Mi siedo in cucina: “Emma?”.

“Dormirà almeno fino alle nove, per fortuna. Caffè?”

Facciamo colazione, ragioniamo su cosa fare oggi, e alla fine, tra passeggiata ai giardinetti e tatuaggi, la mattina è programmata.

Emma arriva alle nove e mezzo, i capelli arruffati davanti alla faccia, i piedi scalzi.

“Emma, le ciabatte.”

Non risponde, si lascia cadere sulla sedia, le braccia penzoloni, gli occhi semichiusi.

“Buongiorno,” dico.

Lei prende la scatola dei cereali, il pacco dei biscotti, quello del pane, e li allinea tra noi, a muro.

Mi alzo, li sposto: “Come va lo stomaco?”.

Gobba, la palpebra a mezz’asta, la bocca aperta: “Huh?”.

“Stai meglio?”

Non ricorda, si tocca la pancia, sembra ritrovare il filo: “Così così”.

“Cosa vuoi mangiare?” chiede Arno.

“Non ho fame.”

“Devi mangiare qualcosa. Ti faccio un French toast?”

“Uguale.”

“Lo vuoi sempre quando vieni qui.”

Si alza a recuperare la parrucca, se la mette in testa.
"Emma."
"Va bene," dice lei intrecciando una ciocca.
Arno inizia a sbattere le uova, scioglie il burro nella padella. Un profumo delizioso si sparge in cucina. Posa il piatto davanti a Emma.
"Non ne ho voglia," dice lei spingendolo via.
"Mangia, dai."
"No."
Arno le riavvicina il piatto: "Non usciamo finché non hai fatto colazione".
"Tanto non mi va di uscire."
"Smettila con questa parrucca. E toglitela, che sei a tavola."
"No!" grida Emma prendendo la forchetta.
"Forza," ripete Arno.
La guardo affondare i rebbi in uno dei toast, poi inclinare la forchetta a destra e a sinistra cercando di spezzarlo.
"Usa il coltello," dico, ma lei continua così finché si stacca un boccone. Dà due masticate, poi spinge di nuovo il piatto.
"È troppo dolce."
Arno glielo taglia: "Non c'è zucchero, solo cannella. Che ti piace".
"Mi fa venire il mal di stomaco," piagnucola lei. "È troppo dolce."
Lui ne assaggia un pezzo: "Non è per niente dolce. Su".
"Non mi va..."
Emma inizia a muovere le gambe sotto il tavolo, spinge il petto in avanti, inarca il collo, torce la bocca: "Papà, non lo voglio... Mi fa male lo stomaco".
Arno sbuffa, apre il frigo: "Vuoi i cereali?".
"No."
"Ti faccio le uova con la pancetta?"
"Sì!"
"Ma non hai male allo stomaco?" chiedo.
Emma mi guarda circospetta: "Quindi?".
"Quindi come fai a mangiare le uova con la pancetta?"
"Mi fa male lo stomaco per il dolce, non per il salato."

Arno arriva con le uova, due strisce di bacon e una fetta di pane tostato. Lei pulisce il piatto in pochi minuti.

Lui dà un morso a uno dei toast, poi getta tutto nell'immondizia.

Finisce di mettere a posto e versa un bicchiere d'acqua, che Emma beve d'un fiato guardandomi attraverso il vetro.

Quando siamo pronti, decidiamo di passare prima in cartoleria per i tatuaggi e poi in libreria.

"Non ho energie per i giardinetti, adesso," dice Arno.

Nella libreria c'è un settore per bambini che organizza attività manuali e corsi di bricolage. Emma ne ha già seguito qualcuno, Arno spera ce ne siano anche oggi.

Dopo aver comprato due confezioni da cento tatuaggi prendiamo un caffè, Emma un bubble tea, ed entriamo. La sezione infanzia è al primo piano, ma oggi non organizzano nulla. Emma perlustra in giro, Arno va dritto agli scaffali.

"La narrativa è al piano di sotto, dai un'occhiata intanto."

"Ti aspetto."

Resto con lui mentre sceglie qualche libro per Emma, che ci raggiunge con in mano una scatola di slime fosforescente e un pacco di cartoline pop-up su un elefante rosa.

"Emma, questa roba è per bambini piccoli," dice Arno.

"Non è vero."

"Rimetti a posto."

Emma comincia a gemere e fare la sua smorfia: testa inclinata all'indietro, naso arricciato, narici dilatate, bocca aperta all'ingiù. Arno non ha voglia di discutere e ha fretta di scendere a cercare qualcosa per sé, così prende tutto.

Al piano di sotto guardiamo le novità.

"Emma dov'è?"

Lui dà un'occhiata, torna allo scaffale: "Ci trova lei".

Io continuo a cercare, non la vedo. Spunta dopo un po' dalle scale con un'altra scatola: "Posso prenderlo?".

"Devi chiedere a tuo padre. E avvertici quando ti allontani."

Non so perché glielo dico. Non so perché mi sento in dovere di vigilare. Se Arno è tranquillo, perché devo preoccuparmi io? Chi mi assegna la responsabilità di controllarla, chi il diritto di correggerla? Verrà fuori più avanti, questo: se non sono in grado di volerle bene, a quale titolo la sgrido?

Emma va da Arno, da lontano rivedo la smorfia, le braccia che cadono in avanti e la testa che si reclina all'indietro. Mi volto per non doverla guardare.

Su uno dei tavoli c'è il libro di un autore che mi interessa, lo apro. Poco dopo Arno arriva.

"Eccoci."

"Hai trovato qualcosa?"

"Non ne ho avuto il tempo."

Emma è accanto a lui, gli tira la giacca: "Andiamo".

Io la ignoro, mostro il libro ad Arno.

"Non lo conosco," dice facendo segno a Emma di aspettare. Ma lei tira ancora più forte.

"Emma, un attimo," dico.

Parlo, ma Arno non mi ascolta: le braccia piene di giocattoli per Emma, che gli si è messa dietro a spingere, ha fretta.

"Emma," ripeto, "noi ti abbiamo aspettata un'ora. Non puoi avere pazienza cinque minuti?"

Lei mi guarda, l'espressione contrariata che mette su quando vuole qualcosa: "Mi rompo".

"E anche noi, prima. Però ti abbiamo aspettata lo stesso."

Arno la prende per mano: "Guarda tranquilla," mi dice, "noi ti aspettiamo fuori".

Si avviano alla cassa, Emma tocca i magneti in esposizione mentre Arno paga. Io mi sforzo di leggere la copertina con calma, ma dopo poco ributto il libro sul tavolo facendo girare una ragazza.

"Già fatto?"

"Ti suona il telefono."

Arno pesca il cellulare dalla tasca, segue Emma che, sul marciapiede, tuffa le mani nel sacchetto in cerca dello slime. Lo apre, me lo mostra.

"Che te ne fai?"

Lei sembra non capire: "Ci gioco".

"Era Charlotte," dice Arno, "si era dimenticata che Emma oggi pomeriggio ha un compleanno e resta a dormire da un'amica fino a lunedì. Passa a prenderla tra un'ora."

"Perciò?"

"Perciò niente, non può disdire perché è la sua migliore amica e ci deve andare. Emma, dobbiamo tornare a casa, la mamma viene a prenderti per andare da Helena. Rimetti quell'affare nel sacchetto."

"Non possiamo portarla noi?"

"Charlotte ha lasciato non so più cosa da me e poi deve passare a prendere un'altra bambina. Non ho capito un cazzo."

"Hai detto cazzo."

"Piantala."

È arrabbiato. Questo era il suo fine settimana con la figlia, in più finalmente io ho accettato di passarlo con loro. A me, invece, non pare vero. Mi sento come quando, da bambina, mi tenevano a casa da scuola per una febbre improvvisa.

Mentre Arno raccoglie le cose di Emma, lei fa in tempo a cospargersi le braccia di tatuaggi. Quando Charlotte arriva, si è anche messa la parrucca.

"Ma guardati... Vieni così?"

Emma le mostra i tatuaggi.

"Una vera piratessa. Posso entrare?" chiede ad Arno, che senza parlare si fa da parte. Charlotte mi saluta, apre uno sportello e tira fuori qualcosa.

"Scusa," dice poi ad Arno prendendo lo zainetto di Emma.

"Non te li puoi scrivere i suoi appuntamenti?"

"Hai ragione," risponde Charlotte, "ho fatto confusione. Succede."

"Ne parlavamo da settimane."

"Ho già detto che mi dispiace. Avete passato una bella mattina?" sorride a Emma che si è avvicinata.

"Super!"

"Ciao, Emma," si china lui per salutarla.

Lei lo abbraccia appena, tutta presa a guardarsi.

"Saluta Livia."

Emma lancia un ciao generico all'interno dell'appartamento.

"Come sto?" chiede a sua madre.
"Una superstar."
Io sorrido, la saluto con la mano e penso che a me sembra una deficiente.

Appena escono, vado in cucina a fare un caffè mentre Arno riordina la stanza. Sono di ottimo umore, ma sto attenta a non darlo troppo a vedere.
Battendo il filtro nell'immondizia, vedo il toast.
"Chissà com'era buono."
Arno si volta a guardare: "Potevi dirmelo, l'avrei dato a te".
"Oppure me ne potevi fare uno," sorrido.
"Non me l'hai chiesto."
Secco. Dovrei capire che è stanchezza, delusione. Lasciar perdere. Invece qualcosa mi infastidisce: dare a me gli avanzi di Emma.
"No, non te l'ho chiesto."
Lo sguardo di Arno cambia: quell'insofferenza che ho iniziato a vedere di quando in quando.
"Ti sei arrabbiata perché non ti ho proposto di farti un French toast?"
"Certo che no. Però gli scarti di tua figlia non li mangio."
"*Mia figlia* non l'ha praticamente toccato e non vedo cosa ci sarebbe stato di male a mangiarlo, se lo volevi. Tanto più che sei sempre così attenta agli sprechi."
"Sono attenta perché avete la tendenza a sprecare parecchio," rispondo.
"Erano solo due fette di pane," minimizza lui, e a questo punto dovrei lasciar perdere davvero, sorridere: ma sì, che sarà mai. Invece mi impunto: "Più il resto". Non solo buttano tutto, ma lui e Charlotte ricomprano subito qualsiasi cosa Emma perda.
"È una bambina, Livia, capita che perda le cose."
"Le capita molto spesso. Dovrebbe imparare a fare più attenzione."
Arno mi guarda sorpreso: "Ce l'hai con lei o con me?".
"Non ce l'ho con nessuno. Sto solo constatando..."

"Stai *constatando* quanto Emma sia educata male?"

Il tono è duro. Come fosse venuta fuori una persona sommersa.

Provo a recuperare, dico che sono sicura che se Emma vivesse con lui invece che con Charlotte sarebbe diverso. Arno sospira, risponde che non può passare il tempo a sgridarla e correggerla: "Ne abbiamo troppo poco insieme".

Certo, penso. Lo capisco, sento il suo malessere, soprattutto in momenti come questo, quando avrebbe potuto – dovuto – essere con sua figlia.

Mi scuso, dico che detesto mostrarmi così.

"Con lei tiro fuori il peggio."

"E come mai?"

Non dice che non è vero, chiede perché.

"Be', non è una bambina facile."

"Emma non è difficile."

Sono attonita, forse sbarro anche gli occhi.

"Non è difficile," ripete.

"Sì che è difficile, e lo sai."

"È solo una bambina della sua età."

"No, è una bambina viziata. Dai, l'hai visto anche ieri: e il churro, e il Chupa Chups, e le frigne stanotte... Non ci ha fatto dormire."

"È stata male."

"Ma per favore!" sbotto.

Stavolta è sbalordito lui: "Sì che è stata male".

"Stava meglio di te! Voleva solo la tua attenzione."

"La conosco, stava male. So capire quando mia figlia sta male, non credi?"

No, non credo. Non lo credo adesso e non lo crederò mai. Ma non lo dico. So dove finiremo se non mollo. Eppure insisto: "Non sempre".

"Che ne sai tu?"

"Si vede. Aveva un Chupa Chups in bocca tre ore prima. Tua figlia digerisce anche i sassi, altro che mal di stomaco."

"Mi spieghi cosa ti ha dato così fastidio? Se n'è anche andata, dovresti essere contenta."

"Non mi ha dato fastidio niente, anzi, stavo benissimo..."

"Stavi?"

"Finché tu non..."

"*Stavi*?"

"Posso parlare?"

"Cambia subito tono."

"Non ho nessun tono."

"Non ho intenzione di discutere se continui così."

"Sei tu che stai alzando la voce, non io."

"Non accetto che mi parli in questo modo."

"Sto solo cercando di *parlare*."

"Ancora?"

"Ma la smetti?"

Alzo la voce anche io, esasperata.

Mi sconcerta questo suo meccanismo: sviare la discussione quando è in difficoltà. Esasperare, stuzzicare, buttare all'aria.

"Non intendo farmi gridare addosso da te, chiaro?"

Prende la porta ed esce, lasciandomi da sola a casa sua: la cuccuma in mano, la mano che trema di rabbia.

Passa un'ora, vado via. Non lo chiamo, non ho voglia di discutere. Conosco me e ormai conosco bene anche lui: devo aspettare che ci passi e solo allora sarà possibile riprendere a parlarsi.

Dopo cena arriva un corriere con la bottiglia, sul biglietto c'è scritto *Ti farò un French toast ogni giorno della tua vita*. Mi fa ridere, lo chiamo. Ritrovare la sua voce è un sollievo.

"Mi dispiace," dice.

"Dispiace a me, Arno. Non dovevo."

"Dovrei essere più severo con lei."

"Devi pensare che lo fai per lei. Emma non sentirà che le vuoi meno bene se ogni tanto metti qualche limite."

"Cerco di farlo, Livia."

"Forse non abbastanza? Hai paura che si senta..."

"Emma sa che le voglio bene."

"Appunto. Per questo potresti permetterti di essere più fermo quando ce n'è bisogno."

Arno tace, avverto una tensione, come volesse dirmi qualcosa ma stesse tentennando.

Aspetto, non prosegue: "Non dev'essere facile," dico allora. "Io non so neppure immaginare come farei."

"Però a volte hai un'opinione piuttosto netta al riguardo."

Taccio.

"Non è un'accusa, Livia, vorrei solo darti anche il mio punto di vista."

"È vero," rispondo.

Lo sento sorridere al telefono: "Va meglio?".

"Sì."

"Odio quando non ci capiamo."

"Ma stiamo parlando, no?" dico. "Ci stiamo spiegando."

"Vengo da te?"

Arno arriva e ci abbracciamo, andiamo in camera stretti, come due che si erano persi nella folla.

Domenica stiamo da me. Oziamo, passeggiamo, dopo pranzo ci stendiamo sul divano, lui da una parte io dall'altra, a leggere. Incrociamo le gambe, ogni tanto ci diamo una carezza o ci massaggiamo un piede, quando c'è qualcosa di brillante da far sapere all'altro lo leggiamo ad alta voce. Come ogni volta che ci sistemiamo così subito dopo pranzo, mi viene sonno. Allora mi corico su di lui, la bocca nel suo collo, e mi addormento.

Mi sveglio e mi accorgo di avergli sbavato addosso, ma a lui non fa schifo: "Hai sbavacchiato?" chiede. Lo chiamiamo così. Abbiamo ormai tutta una serie di nomi per le cose: i nostri codici. Spesso li usiamo pure di fronte agli altri, per tenerci allacciati da una parte all'altra di una tavola. In quei momenti non ho dubbi su cosa voglio.

E in questa domenica pomeriggio pigra e morbida mi rendo conto che Arno è qui. Un'immagine che ho di lui, mentre lo osservo: noi due che camminiamo nelle strade della città, vicini.

All'inizio, per farmi sentire che c'era, Arno passava e ripassava il polpastrello sul dorso della mia mano in una carezza automatica che dopo un po', con un sorriso, interrompevo premendogli il dito: era così impegnato a marcare la sua presenza sulla mia pelle che non capiva che mi faceva male.

8.

Nei mesi seguenti, ogni fine settimana che Emma trascorre da Arno mi fermo anche io, assecondando la sua richiesta di stare tutti e tre insieme. Per normalizzare il nostro rapporto agli occhi della figlia, dice, offrirle una struttura alternativa, proporre un sistema allargato in cui uno dei due genitori ha un altro compagno. Charlotte, che Arno sappia, non vede nessuno. O almeno non in questo momento. Per un po' ha frequentato il proprietario di una catena di hotel di lusso, ma si sono lasciati.

"Emma l'ha conosciuto?"

"Sì."

"Le è dispiaciuto quando è finita?"

Arno non lo sa, Charlotte non gli ha detto nulla, ma pensa di no: Emma non ne parla mai, se non quando vede uno dei suoi alberghi. Succede una volta anche con me. Stiamo andando al MoMa e passiamo di fronte a un edificio elegante: "Questo è di Jerry," mi dice Emma. Guardo Arno perché non ho capito: "L'ex di Charlotte".

"*Kaputt*," dice Emma mimando il taglio della gola.

A Natale vado in Italia dai miei genitori, Arno anche stavolta rimane a New York. Mi racconta che passano la vigilia tutti insieme: cenano a casa di Charlotte, aprono i regali. Il giorno dopo sono solo loro due e vedono un nuovo cartone animato al cinema.

Quando ci sentiamo, Arno telefona a Emma per farmela salutare, anche se io non so mai cosa dirle. Chiedo come sta, cosa fa, se nevica. Lei risponde a monosillabi. Sono conversazioni che durano nemmeno un minuto, vedo che Arno si dispiace un po'. Forse dovrei impegnarmi di più, trovare un argomento interessante. Verso la fine della vacanza, quando me la vuole passare gli chiedo di lasciar perdere: la vedrò di lì a poco, dico, avremo più cose da raccontarci dal vivo.

Il nuovo anno si apre con una novità: Charlotte è stata invitata a dirigere una produzione teatrale in California per tutto il mese di aprile. Decidono che Emma resterà a casa sua e Arno andrà da lei. Oltre a essere attaccata alla scuola, ci sarebbe troppo da spostare, e l'appartamento di Arno è piccolo. A lui la prospettiva non piace. La casa di Charlotte è in una zona scomoda per il suo ufficio. Controllo sulla mappa, non mi ero resa conto che è più vicina a me che a lui. Quanto a noi, mi chiede di venire almeno il fine settimana, visto che io ho subito chiarito che non ho intenzione di trasferirmi da loro.

"È un periodo pieno di lavoro, Arno."

Proteggo lo spazio, il tempo, sempre di più. Con Evelyn ho iniziato a chiamare i fine settimana con loro "gli Attila".

"Potresti organizzarti da là."

"Lo sai come va quando c'è Emma."

"Se vuoi ci rivediamo direttamente a maggio."

Tagliente.

"Ma no che non ci rivediamo a maggio. Dai, in qualche modo faremo."

Il 31 marzo Arno si trasferisce da Charlotte, che parte il giorno seguente.

La routine diventa presto intensa: Arno deve portare Emma a scuola, andare al lavoro, tornare a prenderla e accompagnarla alle sue attività dopo le lezioni, fare la spesa, preparare i pasti, seguirla con i compiti. Una volta in cui se ne lamenta, provo a dirgli che dovrebbe essere contento di avere finalmente un quotidiano con sua figlia, cosa che, ripete sempre, gli manca. Quando continua, gli segnalo che quello che lui farà per un mese Charlotte lo fa ogni giorno. Non risponde, ma vedo che ci è rimasto male. In più, io non sono di grande aiuto: il lavoro, mi giustifico. La verità è che nel sistema caotico e capriccioso che ruota intorno a Emma non ci voglio entrare. Forse, ho pensato, se lei fosse diversa sarei più disponibile anche io.

O forse no.

A metà aprile propongo di trascorrere un fine settimana da me. Il mio sottrarmi è diventato imbarazzante ed era tempo che offrissi di spostarci qualche giorno a casa mia.

Arrivano il pomeriggio di un sabato di pioggia con un sacchetto pieno di spesa. Diluvia da una settimana, le strade sono fradicie. Forse avremmo dovuto rimandare, ma non lo dico perché Arno non pensi che cerco scuse. Così eccoci e, dopo aver appeso le giacche a colare in bagno, mostro a Emma il divano letto nello studio, dove dormirà. Lei neppure lo guarda, cerca subito suo padre. In cucina gli si attacca alle gambe: "Che c'è? Non sei contenta di essere qui?".

Non glielo chiedere, vorrei dirgli.

Mentre sistemo il cibo in frigo gli mostro un pacchetto di prosciutto crudo, Emma ne va pazza.

"Non dovevi, costa un occhio! Emma, ringrazia Livia."

Lei dice un "grazie" soffocato, Arno prova a staccarsela di dosso: "Ma che hai?".

Emma si scolla dalle sue gambe, esce dalla cucina. Lui e io ci guardiamo, sorpresi da quella strana timidezza.

"Tra poco andiamo a fare un giro."

Emma si sdraia sul divano.

"Tira giù i piedi."

Lei sbuffa, si corica con le gambe penzoloni e le dita sullo stomaco fissando il muro.

"La sfinge di Decatur," scherza Arno pronunciando il nome della mia via come fosse quello di un faraone.

Quando smette di piovere usciamo. Emma si trascina dietro di noi, per conto suo. È scocciata: non aveva voglia di venire. Voleva passare la giornata chiacchierando al telefono con Helena e guardando cartoni animati sotto le coperte.

"Hai lasciato la parrucca da superstar a casa," provo a dirle, ma non mi risponde.

Rimaniamo fuori poco. Al rientro, Arno va in cucina, Emma si ributta sul divano. Io mi siedo accanto a lei, le prendo i piedi e me li sistemo in grembo.

"Tutti i tuoi vicini sono neri," dice sorprendendomi.

"Cosa c'è di strano? Sei una newyorkese, non dovresti fare certe osservazioni. La tua amica Mallory è nera."

"No, è messicana. La mia amica nera è Vanesha."

"Vanesha, sì."

Emma ci pensa su, poi dice: "Sono *tutti* neri. I neri vivono nei quartieri poveri. Sei povera, tu?".

Resto senza parole. È una bambina, come le vengono in mente certe cose? Si rende conto? Sta ripetendo qualcosa che ha sentito?

"No, Emma," rispondo poi, "non sono povera, e non è vero che i neri vivono solo nei quartieri poveri."

Lei scrolla le spalle.

"Ti si slogheranno, un giorno o l'altro," le dico.

Mi guarda arricciando il naso: "Perché?".

Ho già voglia di cambiare stanza, invece chiedo se il mio quartiere le piace.

"Più o meno. Il mio è meglio."

"Ci sono dei giardinetti vicino a casa. Se vuoi domani ci passiamo."

Non risponde.

"Ti sei portata qualche gioco?"

Sbuffa, prova a coricarsi sul divano, mi urta con i piedi mentre li solleva sullo schienale. Si gira con le gambe verso il muro, dove appoggia i talloni. La testa penzoloni, inizia a far versi dalla gola.

"Posso darti dei fogli, delle matite. Tuo padre mi ha detto

che a scuola avete iniziato a scrivere una favola, potresti andare avanti e poi leggercela."
"Papà, mi annoio!"
Mi alzo dal divano, lei si sdraia appena ha di nuovo spazio.
In cucina Arno sta scartocciando salmone e asparagi, in un piatto ha tagliato dei quadratini di formaggio, messo a bollire delle uova.
"Come va?"
"Mi sa che vuole il telefono."
"Glielo ridò dopo. Ci prendiamo un bicchiere di vino?"
Stappo una bottiglia, tiro fuori due calici.
"Emma, vuoi del cheddar?"
"Sì!"
Arno le porge il piatto, Emma prende una manata e torna di là.
Ritiro fuori il formaggio, Arno taglia altri pezzi. Emma ne vuole ancora.
"Basta. Aspetta la cena."
"Ma ho fame."
"E aspetti," dico.
Lei ci rimane male, poi guarda Arno: "Papà, ho fame," piagnucola.
Arno gliene dà un altro pezzo: "Solo questo. Tra dieci minuti mangiamo. Guarda, sto preparando".
Emma batte un piede per terra, apre il frigo.
"Che fai?"
"Niente, guardo. Dal frigo di una persona si possono capire tante cose."
Sorrido. Ogni tanto ha delle uscite buffe.
"Ah sì? E di me cosa capisci?"
Che sei una stronza, penso potrebbe rispondermi. Invece lo passa in rassegna dondolandosi su una gamba: "Che ti piace lo yogurt, che ti piacciono le verdure... wow, ti piacciono tanto le verdure... poi, vediamo... ti piacciono gli avocado... anche a me!" esclama con il pollice alzato. "Sono *troppo* buoni. Direi... che sei una persona molto attenta alla salute."

Arno e io ridiamo, lei è tutta contenta di averci divertiti. Viene persino a strusciarsi contro di me.

Arno scola le uova.

"Le sbuccio io," dico.

"Mi insegni?" chiede Emma.

"Certo. Guarda, prima bisogna raffreddarle, così fermi la cottura e non ti scotti."

Immergo le uova in una ciotola con del ghiaccio e le passo il suo: "Troppo caldo?".

Lei lo tocca con l'indice, circospetta: "No".

"Allora lo prendi e lo rotoli sul piatto, vedi?, così si spacca per bene. Poi lo sbucci."

Emma mi guarda rompere l'uovo, staccare il guscio. Il suo si apre male, viene via anche un pezzo di albume: "Non ci riesco!".

"Sì che ci riesci. Tieni, finisci il mio."

Le do il mio uovo, la seconda metà le viene bene.

"Evviva!" grida. "Posso mangiarlo?"

"No, aspettiamo la cena."

"Uffa..." sospira, ma non è arrabbiata.

"Vuoi del succo di frutta?"

"Sì!"

Glielo verso, mi accuccio a fare un brindisi con lei. "Cin cin." "Cin cin," ripete, poi beve il succo d'un fiato e fila via.

Arno mi dà un bacio, mette una mano sui miei pantaloni, io controllo che Emma non sia tornata.

"Stasera la mandiamo a letto presto," dice infornando pesce e verdura.

Quando chiama Emma perché si lavi le mani, lei non risponde. Mi affaccio, non è sul divano.

"Vado io," dico.

La trovo in camera, il pacchetto del prosciutto aperto sulle lenzuola, mangiato a metà.

"Uh-oh..." dice con la bocca piena.

Si pulisce le mani sulla federa.

"Emma!"

Devo avere gridato, perché Arno arriva subito. Ci mette un po' a realizzare, o forse a decidere come reagire. Me lo chiederò: cosa avrebbe fatto lui. Se fosse stato solo, forse ne avrebbe riso e poi mi avrebbe raccontato l'ultimo numero di sua figlia per far ridere anche me.

"Ti avevamo detto di aspettare."

"Avevo fame," gli risponde Emma ingoiando l'ultimo boccone.

Arno arrotola il pacchetto: "Te lo ricompro," mi dice, "e tu," aggiunge rivolto a Emma, "vai subito a lavarti le mani".

Tocca le lenzuola, le annusa: "Stanotte voglio vederti a dormirci".

Emma è davanti a me: "Permesso".

Mi scosto in attesa della reazione vera di Arno. Invece non succede niente: aggiusta il letto e dice che domattina farà una lavatrice.

A tavola cerco di nascondere l'irritazione. Non per Emma, per me: finiamola presto. Anche perché so che, se ne parlassi, Arno mi sgranerebbe gli occhi addosso a dire: *Sei seria?* Avrebbe ragione. È solo mezzo pacchetto di prosciutto.

Ma non ci riesco. Sbatto i piatti, non rivolgo la parola a Emma.

"Mi sarebbe piaciuto preparare un antipasto col prosciutto, ma, visto che è finito, salteremo l'antipasto."

"Non l'ho finito!" grida Emma.

"Non sono sorda."

"Pazienza," interviene Arno. "Di cibo ce n'è a sufficienza."

Mi alzo, vado in cucina.

Subito dopo spunta Arno: "Controlli che non ti abbia fatto fuori il frigo?".

"Guardavo se Emma ha la colazione."

"Non ti preoccupare della colazione. Vieni."

Torno a tavola, anche se l'unica cosa di cui avrei voglia è mollarli lì tutti e due e andarmene al ristorante con Evelyn.

"Livia si chiedeva cosa vorrai a colazione domani."

Emma si mette un dito sulla guancia, alza gli occhi al cielo a riflettere: "Uova!".

"Abbiamo appena mangiato le ultime due," rispondo. "Diventerai una gallina, a furia di uova."

Rido, ma rido da sola. Provo a pensare a qualcos'altro da dire.

"Comunque, visto che ti piacciono così tanto, adesso le sai fare sode," aggiungo.

"Non puoi accendere i fornelli, Emma, ti ricordi?" dice Arno.

Emma annuisce. Devo stare attenta a non metterle in testa strane idee: manca solo che dia fuoco alla casa.

"Sai," continua Arno, "quando Livia era piccola, suo papà prima della scuola le preparava l'uovo sbattuto con il caffè."

Emma si incuriosisce, chiede se glielo posso preparare. "Mi ci metti il prosciutto?" dice poi appoggiando la testa al mio braccio. "Giuro che non te lo finisco."

"A proposito di prosciutto," dice Arno, "lo sai che in italiano c'è un detto, 'Avere il prosciutto sugli occhi'?"

Emma arriccia il naso, apre le narici in quel modo che ora più che mai mi irrita: "Huh?".

"Vuol dire non vedere o non voler vedere qualcosa di evidente. Me l'ha spiegato Livia."

"Cioè?"

"Cioè se, per esempio, c'è una situazione che non ti piace o che ti mette a disagio, tu fai finta che non sia così."

Emma ripete la smorfia: "Non capisco".

"Quando c'è qualcosa di reale davanti a te e tu non lo vedi."

"Ma io vedo tutto! Lì c'è un piatto, lì ci sono i bicchieri, lì c'è il pane..."

"Non tu, in generale."

"Non capisco."

Per forza, penso, sei stupida.

Poi ci arrivo: sta prendendo tempo. Perché, naturalmente, non ha più fame. Arno cerca di fare conversazione con me, ma si accorge che la punto: la testa nel palmo della mano, il gomito sulla tavola.

"Mangia," le dice allora.

Emma batte i piedi contro le gambe della sedia, sbuffa, spinge il pesce avanti e indietro. Io aspetto che Arno insista, poi non resisto più: "Finisci quello che hai nel piatto e smetti di tirare calci".

"Non mi piace."

"Non è vero."

"Non mi va."

"Mangia."

"Non mi va!"

"Non hai nessuna idea del valore delle cose, Emma. Sai quanto ha speso tuo padre oggi per te? Sai quanto costa quel salmone? Stanotte avrai fame, quindi adesso mangi e anche veloce, chiaro?"

Sto tremando. Mi sembra allo stesso tempo ridicolo e liberatorio: tremare di collera, parlarle così.

Non guardo Arno, ma lo sento.

Emma geme, con la forchetta comincia a spezzare il salmone.

Non mi fermo: "Usa il coltello".

Taglia un boccone, lo mette in bocca, inizia a masticare e ci mette minuti interi a deglutire. Io la fisso, appena smette di masticare la incalzo. A un certo punto lei sbatte le posate, che cadono sulla tovaglietta inzaccherandola di grasso.

"Emma!" grida Arno.

Emma si spaventa, lui recupera la forchetta, infilza un pezzo di salmone: "Apri la bocca".

Lei fa segno di no, le labbra sigillate.

"Apri!"

Emma apre la bocca, inizia a piangere.

Arno fa per prendere un altro boccone: "Basta così," dico.

Guardo Emma, guardo Arno.

"Non importa. Ce lo finiamo noi, o te lo porti a casa domani."

"Però mangio gli asparagi!" grida Emma contenta afferrandone uno con le mani. Lo mette in bocca e si pulisce la mano sulla tovaglietta. Poi la allunga verso il piatto di Arno, gli fa un sorriso da sotto in su.

"Furbina..."

Emma prende due asparagi, uno per mano, mordicchia la punta di entrambi, poi li lascia, dice che è piena e va nello studio.

Io sono stanca. Di commentare quel che fa, di innervosirmi perché Arno le permette tutto, di dover essere io a correggerla. Non è tua figlia, mi dico, domani torna da dove è venuta. Ma non è così. Domani può anche tornare a casa sua, ma resterà.

Arno sa cosa sto pensando e, vedo, è stanco anche lui. Però, capisco in un lampo, non di sua figlia.

Mi alzo, prendo la tovaglietta sporca e la butto in lavatrice.

"Vado a vedere cosa fa," dice lui. "Qui lascia stare, finisco io."

Aspetto che se ne vada, poi sparecchio e lavo i piatti. Dal bagno sento che le sta leggendo una storia. Spero di addormentarmi prima che abbia finito.

Mi sveglio di soprassalto, qualcosa di umido e freddo sulla pelle. Scatto a sedermi, mi tocco la faccia: un oggetto viscido, un odore familiare e incoerente. Lo spazzo via. Gli occhi bruciano, li sfrego con le dita, con l'altra mano cerco l'interruttore mentre si sveglia anche Arno. Quando la luce si accende, Emma è di fronte a me, le mani davanti alla bocca. Ride.

Abbasso lo sguardo: c'è una fetta di prosciutto sul lenzuolo.

"Cristo!"

Emma spalanca gli occhi, ride ancora di più.

"Emma!" grida Arno.

Vado in bagno, mi lavo la faccia. Tengo le mani sugli occhi, curva sul lavandino: Calmati, mi dico.

Arno bussa alla porta: "Livia".

Calmati, mi ripeto.

Esco dal bagno e trovo Emma che piagnucola appiattita contro il muro. Arno le dice "Forza", e lei si scusa. Poi, guardando lui, urla tra le lacrime: "Volevo solo fare quella cosa del prosciutto!".

La guardo incredula, Arno mi si avvicina, io lo scanso e torno in camera, dove strappo le lenzuola dal materasso.

Arno mette Emma a letto, sta un po' da lei, forse considera anche se rimanere a dormire di là. Dopo un po' lo sento arrivare, baciarmi la spalla.

"Le ho parlato. Ha promesso di comportarsi meglio domani. Mi dispiace."

Gli stringo la mano: "Adesso dormiamo".

Ripenso al suo sguardo di prima. Mi chiedo se fosse allarmato da quel che ha fatto Emma o dalla mia possibile reazione: che la picchiassi.

Seconda parte

9.

Poteva finire sotto quella macchina.

Il pensiero batte sulle tempie: bastava un attimo. Che Emma facesse un passo. Ubbidirmi, attraversare.

Mi gira ancora la testa. Un dolore al collo, la tensione aggrumata nelle spalle.

"Voglio andare a casa."

Arno è seduto sul divano vicino a Emma, io le sto accucciata di fronte con il piatto vuoto in mano, la ciambella sul pavimento.

Provo a chiamarla, lei rimane sprofondata nell'abbraccio di suo padre, scossa dai singhiozzi. Manda qualche gemito, tira su col naso.

Nessuno dei due mi guarda.

Recupero la ciambella, vado a buttarla. Li sento parlare dalla cucina mentre tiro fuori i piatti per la colazione.

"Livia, noi andiamo a casa."

Arno è sulla porta. Vedo Emma passargli dietro di corsa.

"Va bene."

Sta per aggiungere qualcosa: "Va bene," ripeto.

Si stacca dallo stipite.

"Ti metto il cibo in un sacchetto."

Mi guarda alzando un sopracciglio.

"Le sue ciambelle," preciso, "magari più tardi le viene voglia."

"Lascia, a casa ne ha."

Ovvio che a casa ne ha. E probabilmente più buone di quelle che ho preso io. Anzi, non le mangerà neppure; Arno la porterà in un caffè carino a fare colazione: croissant, cioccolata calda. L'allegria degli altri bambini con i genitori, l'altalena ai giardinetti, le cose familiari e sicure.

Poteva finire sotto quella macchina, mi ripeto.

Più tempo passa e più mi rendo conto che è stato solo un caso se non è successo.

E, strisciante, l'altro pensiero: davvero non l'ho vista arrivare?

"Hai preso tutto?"

Arno ha in mano lo zaino di Emma, lei fa sì con la testa fissando a terra.

"Il berretto," dico.

Mi allontano per cercarlo e la sento dire qualcosa, quando torno tace e si infila rapida giacca e scarpe. Apre la porta ed esce sul pianerottolo.

"Ciao Emma."

Arno la chiama perché lo aspetti: "Ti telefono dopo".

Lo guardo scendere le scale, mandarmi ancora un saluto.

Chiudo la porta, mi affaccio alla finestra: in strada si tengono per mano. Li sento parlare dai vetri chiusi, finché spariscono dietro l'angolo.

Il sacchetto delle ciambelle è sul ripiano della cucina, accanto al piatto di salmone che ho tirato fuori dal frigo e che mangio in piedi, con le mani.

Arno mi chiama la sera: "Com'è andata la giornata?".

"Ho lavorato."

Invece non ho concluso nulla. Ho giusto avviato la lavatrice, poi me ne sono dimenticata e le lenzuola sono rimaste accartocciate dentro. Ho provato a mettermi al computer, ma appena mi sedevo mi prendeva l'agitazione e ho finito per passare da una stanza all'altra a vuoto, fino adesso.

"Voi?"
"Siamo tornati a casa, abbiamo fatto colazione."
"Con l'uovo sbattuto?"
"No, ma prima o poi proviamo."
Proviamo. Noi. Noi chi? Lui ed Emma? Noi tre? Vorrei d'un tratto essere inclusa in quel noi. La paura di perdere Arno, il pensiero che mi batte in testa da tutto il giorno: cosa, forse, volevo fare. No, scuoto la testa una volta ancora, non volevo fare nulla. È stato un incidente, ce lo dimenticheremo.
"E poi?"
"Poi abbiamo visto Helena e sua madre ai giardinetti, siamo rimasti un po' lì e abbiamo pranzato a un thailandese molto buono."
"Tutti insieme?"
"Sì."
"È simpatica?"
"Chi?"
"La madre di Helena."
"Normale. Emma e Helena hanno piantato il solito bordello, ma ci siamo divertiti."
"Emma si è tranquillizzata?"
"Sì."
Tornati nel loro, accolti, protetti. Protetti contro di me.
"Tu come stai?"
"Un po' stanca."
Mi viene da piangere: nostalgia, paura, solitudine, invidia, gelosia, tutto e niente.
"Solo stanca?"
Faccio sì con la testa, come se mi potesse vedere: lo sento così vicino. Deglutisco: "Sì", ma la voce è rotta.
"Non è successo niente, Livia."
La dolcezza del tono, dei suoi pensieri per me, mi culla come un'onda benigna. Mi premo i polpastrelli sugli occhi: "Lo so".
Ma non è vero. Qualcosa è successo, qualcosa che non riesco a decifrare, che nel tempo lavorerà sommerso.

Emma, che lo sente, non vorrà venire a casa mia per settimane.

A maggio Arno fa il suo primo spostamento. Il progetto è partito, lui e una squadra di analisti parteciperanno a un programma di formazione internazionale esteso per ora solo all'Europa, ma l'ambizione è includere Asia e Medio Oriente.

Gli hanno assegnato la Scozia, da dove chiama spesso per dirmi che non capisce quando gli parlano: "È un'altra lingua".

Telefona a Emma ogni giorno, gli manca. "Anche tu mi manchi," dice subito. Mi chiedo perché: se sia un'insicurezza che gli ho trasmesso io oppure il bisogno innocente e puro di dirmi che mi ama.

Mi piacerebbe essere con lui, togliermi da qui per un po'. Ho voglia di Europa, di tempo noi due soli.

Sono contenta di non vedere Emma.

La rivedrò al rientro di Arno. Riprenderemo le consuetudini: Emma da Arno a fine settimana alterni, io con loro la maggior parte delle volte. Per ora sono giornate solitarie e tranquille.

Un pomeriggio ho la curiosità di scoprire che faccia farebbe Emma a trovarmi fuori da scuola: *Ti va un gelato?* Esco, prendo la metropolitana, imbocco Carroll Street. Specchiandomi in una vetrina mi fermo: *Che stai facendo?* Giro i tacchi, attraverso rapida. Torno a casa con un bagnoschiuma e un litro di latte.

Chiamo Evelyn, le propongo un aperitivo.

Ci diamo appuntamento in un ristorante appena aperto a Tribeca. Sediamo al bancone, ordiniamo una bottiglia. Evelyn chiede subito di Emma e Arno, le racconto gli episodi più recenti che si è persa, evito quello dell'incidente.

"Ti ha messo il prosciutto sulla faccia?"

È incredula.

"Questo schizza in testa alla classifica degli Attila."

"A momenti la meno."

Mentre lo dico mi torna in mente lo sguardo di Arno, il lampo di allarme.

Assaggio qualcosa ma non ho fame: ho voglia di bere, non pensare, ridere, immergermi nel caos, far tardi.

Poco dopo ci raggiunge Corrado.

"Me l'hanno presentato degli amici," dice Evelyn. "Si occupa di traduzione, ed è italiano. Ho pensato che ti avrebbe fatto piacere conoscerlo. È appena arrivato a New York."

Subito mi dispiace: volevo godermi questa serata solo noi due, poi mi dico chi se ne frega, magari ci divertiamo.

Quando entra lo osservo: spettinato, sgualcito. Sembra centrifugato in lavatrice. Mi sorprendo sentendolo parlare in un inglese senza accento.

Ci sediamo a un tavolo, Evelyn mi spiega che Corrado starà a New York per sei mesi.

"Tengo un corso alla Columbia."

"Di traduzione?"

"Italo Calvino."

Alzando la voce sul baccano della gente che riempie il locale, dice che le sta provando tutte per fare metà dell'anno qui e metà a Parigi, dove abita.

"Ti occupi di traduzione anche tu, mi diceva Evelyn."

"Fra le altre cose. Testi tecnici. Quando posso, qualche racconto di narrativa per riviste o simili, ma paga troppo poco."

Iniziamo a chiacchierare, ordiniamo un'altra bottiglia. Corrado e io siamo seduti vicini, riesco a guardarlo indisturbata quando si china verso Evelyn: ha i capelli scuri, screziati di grigio, un paio di occhiali davanti a occhi credo verdi. È molto alto, si curva in continuazione per parlare con noi, indossa una giacca, una camicia senza cravatta, dei jeans. Ha con sé la borsa del lavoro, "Arrivo dall'ufficio", le dita sporche di blu. Si volta verso di me e passa all'italiano: ha un accento genovese rimasto intatto, che mi ricorda le estati al mare.

Racconta dell'appartamento che il suo zio americano gli ha prestato e si trova in una delle mie zone preferite a New York.

"Hai il famoso zio d'America."

"E pure ricco: ho passato tutte le vacanze della mia adolescenza a casa sua in Florida."

"Meglio Genova."

"Sampierdarena. Molto meno poetica, ma sì, meglio Genova. Intanto però mi toglievo dal cortile e ho imparato l'inglese."

"Hai figli?"

Corrado rimane sorpreso, ma è brillo anche lui, quindi risponde subito: "No. Tu?".

"No."

"Sei sposata?"

"Nemmeno."

Evelyn sta per dire qualcosa, ma quando non aggiungo altro chiude la bocca e fa finta di controllare il cellulare. Domani mi dirà che Corrado l'ha chiamata per dirle che gli sono piaciuta e mi cercherà per rivederci.

Finiamo anche la seconda bottiglia. Ormai, tra la musica e la gente, dobbiamo gridare. Corrado e io ci pieghiamo uno verso l'altra fino a toccarci: la bocca all'orecchio, una mano sul braccio. La coscienza materiale del corpo dell'altro, del suo odore, della sua temperatura. Il corpo di Corrado è caldo, forse sta sudando sotto la camicia, o forse brucia.

Come sarebbe facile con lui, penso. Niente figli, niente ex mogli. Sei mesi a New York e sei a Parigi, casa sua e casa mia, le estati in Italia, le domeniche mattina nei caffè di Belleville, i programmi dell'ultimo minuto, le cene, le passeggiate, i viaggi, il tempo.

Quando usciamo sul marciapiede abbiamo le orecchie che ronzano, Corrado propone un altro locale, Evelyn declina, io anche.

"Perché non sei andata?" mi chiede in taxi.

Non rispondo, lei sorride, mi dà un bacio scendendo: "Ti chiamo domani".

Arrivo a casa stordita: dal rumore, dal vino. Da Corrado. I suoi racconti, le domande, gli occhi che sì, sono proprio verdi dietro quegli occhiali pesanti: "Così non li perdo". E poi: "A Parigi insegno teoria degli immaginari della traduzione, e ogni volta che lo dico fanno tutti la tua faccia", "Ho un gatto che si chiama Belìn", "Sono curioso di vedere Hudson, la conosci?", la pioggia di Parigi, i pomeriggi di sole al Parc Montsouris, la pasticceria algerina di rue Losserand, l'odore di piscio alle sei di mattina, le mareggiate sugli scogli di Nervi, la focaccia di Priano dopo una notte insonne, l'ascensore di Castelletto, la galea di Campopisano con i ciottoli bianchi e neri, i pomeriggi d'inverno nella diga foranea a baciare le fidanzate sulla nave per Pegli. "Fidanzate?" "Quand'ero ragazzo," ha risposto, "adesso se esco con una donna o lei terrorizza me o io terrorizzo lei." Racconta della volta in cui una, per non sporcare il letto, l'aveva obbligato a stare in piedi e, ha esitato, "E?" ho incalzato io. "E mi son venuti i crampi ai polpacci. A vent'anni facevo sesso sui sedili dell'Interrail e adesso non posso più nemmeno godere da seduto."

Ridacchio ancora, sto per spegnere la luce quando arriva un messaggio di Arno: *Ci sei per la buonanotte?*

Non lo apro, non rispondo. Domani gli dirò che dormivo.

Mi addormento di schianto. Alle tre, però, sono di nuovo sveglia: il caldo, la tachicardia da vino che agita il corpo. Quando riprendo sonno è quasi mattina, sogno subito, sogno Corrado, il locale di ieri sera ma su un fiume di montagna eppure siamo a Parigi, ridiamo e mangiamo conchiglie e poi siamo a casa sua, affacciati sul campanile che suona e lui mi abbraccia, mi sveste, mi accarezza, mi bacia, si inginocchia davanti a me e il piacere è così forte che apro gli occhi mentre sto per venire, solo che il sogno è disperso, disperso il piacere che provo a recuperare toccandomi, l'orgasmo non viene, è passato, cancellato dal risveglio.

Mi alzo con un mal di testa feroce, bevo un bicchiere d'acqua, rispondo ad Arno: *A che ora atterri?*

Arriva stasera e vedrà subito Emma. Mi ha chiesto di cenare con loro. *State tranquilli voi due* ho risposto, ma lui ha insistito.

Rimango frastornata tutto il giorno, provo a riposare il pomeriggio, non ci riesco, parlo con Evelyn che mi chiede che intenzioni ho, se può dare il mio numero a Corrado.

Alle sette vado da Arno: la porta aperta per me, le valigie ancora in entrata, un profumo di sugo al pomodoro, musica dallo stereo, la voce di Emma che gli racconta qualcosa dalla sua stanza.

"Posso?" chiedo affacciandomi.

Arno si volta, sorride raggiante.

E tutto sparisce: il malessere, la confusione, gli strascichi della serata, Corrado. Svanisce tutto tranne la certezza, luminosa. Una sensazione semplice e naturale che non so definire. È questo, mi rendo conto, il momento in cui l'amore diventa indissolubile: quando non lo si può più giustificare.

10.

Il giorno dopo decidiamo di andare a mangiare un panino al granchio a Red Hook. Arriviamo in tempo per passeggiare fino al molo, da dove ci affacciamo a respirare la salsedine. Emma vede due ragazzi con la canna da pesca, dice che vuole imparare e Arno promette di comprarle l'occorrente. Rimaniamo un po' lì, poi ci spostiamo verso il Lidgerwood Complex e il Valentino Park.

Arno e io ci sediamo su una panchina di fronte alla baia, Emma scende alla spiaggia a cercare vetrini fino a quando torna gridando: "Mamma è qui!".

Guardiamo in giro, il cellulare di Emma squilla: "Dove sei?" urla eccitata.

Sentiamo la voce di Charlotte, ci voltiamo e la vediamo venirci incontro agitando una mano.

"Mamma!"

"Buongiorno!"

"Che ci fai qua?"

"Ho appena finito la mia lezione di yoga."

"A Red Hook?"

"Lo so. Folle, vero? Ma il mio istruttore è *troppo* bravo ed è venuto a lavorare in uno studio proprio qui dietro, così..."

"Andiamo a mangiare il granchio!" dice Emma.

"Vuoi unirti a noi?" chiede Arno.

Io mi irrigidisco. Spero che Charlotte rispetti il fine settimana di Arno e declini.

"Sto aspettando Meghan, abbiamo appuntamento per pranzo da K&L."

"Ci sono anche Juliette e Graham?" chiede Emma.

"No, solo noi ragazze."

"Vieni con noi!" grida Emma, appendendosi alla sua mano.

Insiste, tira la manica anche di Arno. Charlotte è incerta, poi si illumina e gli dice: "Sentite, ma perché non chiamo Meghan e le dico di portare anche Bob con i bambini e facciamo un pranzo tutti insieme?".

"Ottima idea," risponde lui senza esitazioni.

"Vado a chiedere se hanno posto."

"Vengo con te!" grida Emma.

"Ti va bene?" dice Arno appena si sono allontanate.

"Ormai..."

"Posso dirle che preferiamo di no."

"Sarebbe ovvio che sono stata io. Va bene così."

"Mi sembrava una buona idea. Così Emma se ne sta con i suoi amici e noi..."

"Va bene così."

Mi sforzo di sorridere appena le vedo tornare.

"Fatto!"

Dopo venti minuti arrivano anche gli altri. Controllo dove si mettono i bambini, ma continuano a spostarsi e finisce che me li ritrovo proprio di fronte. Arno, sotto lo sguardo di Charlotte e Meghan, chiede se voglio cambiare.

"No, perché?" rispondo, anche se dubito che colga.

I bambini ridono, leggono il menu ad alta voce. È da settimane che parliamo del granchio di Red Hook, ma scopriamo che da K&L hanno soltanto tacos e hamburger.

"Rifaremo," mi dice Arno.

Ordino un'insalata mentre gli altri prendono ali di pollo, quesadilla, tacos, nachos e patatine.

Emma si agita sulla sedia, mi dà un calcio: "Emma, attenta," dico, e lei ridendo grida a Juliette: "Mio dio, le do *sempre* calci!".

Arno la richiama, ma lei è troppo esagitata per calmarsi.

Quando me ne arriva un altro, mi abbasso di scatto sotto

il tavolo e gli occhi di Charlotte schizzano su di me. Vedendo che non ho toccato sua figlia ma che mi sto pulendo i pantaloni, si volta.

"Allora, questa California?" chiede Bob.

Charlotte inizia a parlare della produzione, fa ridere tutti raccontando che, il pomeriggio della prima, l'attrice, mentre faceva le pulizie per scaricare la tensione, si è infilata il manico della scopa in un occhio, e la sua sostituta aveva pensato bene di prenotare un weekend romantico a trecento chilometri di distanza. "L'abbiamo beccata con un piede sull'aereo. Per fortuna alla fine è andato tutto liscio."

"E la Scozia?"

"La Scozia è un posto dove puoi metterti la gonna senza le mutande e mostrare l'anaconda con la scusa del patriottismo."

Bob scoppia a ridere: "Non fa per me".

"Pensaci, curerebbe quella brutta infezione che mi dicevi."

Bob è piegato in due, Meghan grida "Arno!" disgustata.

"Mi sono trovato bene," riprende Arno, "e gli scozzesi sono molto più civili di noi *bifolchi nuovomondisti*."

Gli sorrido, mi strizza l'occhio: è l'espressione che uso io quando gli americani mi esasperano.

Mentre racconta di Glasgow i bambini urlano coprendo le nostre voci, ma nessuno gli dice niente.

"Ho passato l'ultima sera in una distilleria favolosa. Ragazzi, sentite qua... Sembra che questa distilleria minuscola, sperduta in mezzo alla campagna, sia infestata dal fantasma di una signora vestita di bianco."

Emma e Juliette gridano "Cooosa?", Graham spalanca la bocca.

"Qualcuno dice che è una vecchia storia inventata per spaventare i maltatori... Sapete chi sono i maltatori? Sono le persone che fanno la birra e il whisky."

"Cos'è il whisky?" chiede Graham.

"Uno sciroppo per la tosse," risponde Arno. "Insomma, c'è questa leggenda del fantasma della signora vestita di bianco che si racconta per tenere i maltatori svegli di notte. Però gli impiegati della distilleria mi hanno raccontato di avere visto cose *stranissime*: finestre che si rompono, tappezzerie che si staccano dalle pareti, scatole che la sera sono in ordine e il giorno dopo sono tutte sparse a terra! E succede solo di notte, quando nella distilleria non c'è *nessuno*..."

"Oddio!" gridano le bambine. Graham guarda Arno, poi guarda loro, poi guarda lui. Un filo di saliva gli scende dalla bocca, non se ne accorge.

Dopo pranzo decidono di andare a mangiare la key lime pie da Steve, la baracca vicino al locale. I bambini corrono, li raggiungiamo al tavolaccio fuori. Fa caldo, siamo tutti in maglietta.

"E tu?" chiede Charlotte. "Che hai fatto mentre Arno era in giro per distillerie?"

"Ti sarai data alla pazza gioia," dice Meghan. "Già non hai figli, in più senza fidanzato..."

"Infatti sono uscita tutte le sere," rispondo fissandola, e solo all'ultimo sorrido.

Non chiedono altro: i dolci sono arrivati. I bambini ci si scagliano sopra. Io li guardo mettersi in bocca pezzi di torta enormi, piegarsi in avanti con il boccone fuori dai denti, masticare veloci per poterne prendere ancora prima degli altri. Juliette sposta le mani del fratello quando lui le avvicina. Anche a casa è così prepotente con lui? Graham si inserisce come può, e non molla. Quando riesce ad accaparrarsi un pezzetto, quasi lo sbriciola tra le mani perché non glielo rubino. A guardarli, sembra che non mangino da giorni. Da dove viene questa ingordigia? Questo bisogno di avere ogni cosa. Loro che hanno tutto.

In fondo alla baia si vede il mare. Una striscia blu e verde, sotto il cielo bianco delle nuvole che piano piano si raccolgono all'orizzonte.

Mi chiedo cosa stia facendo Corrado, cosa staremmo facendo lui e io se avessi permesso a Evelyn di dargli il mio numero: con questa giornata mi avrebbe chiamata e saremmo usciti. Ci saremmo dati appuntamento vicino a casa sua, avremmo passeggiato nei viali di Morningside Heights, saremmo andati a camminare sull'Hudson, al Boat Basin: "Per me

New York è qui e Brooklyn". Avremmo mangiato un panino sul molo, gli avrei raccontato che ci sono persone che vivono sulle barche attraccate, di quella donna che avevo conosciuto anni fa, che mi disse di abitare lì da quarant'anni e di sentirsi una cittadina dell'acqua: niente residenza, niente documenti, nessun legame – e soprattutto zero tasse, aveva riso. Gli avrei detto che questo nostro incontro mi sorprende, e disorienta.

Dopo il dolce nessuno accenna a muoversi. Li sento parlare di quel regista, Peter, della moglie che lo ha lasciato.

"Meno male che non ha figli," dice Meghan, "se no sai il trauma?"

Arno parla con Bob, ogni tanto mi guarda, le donne chiacchierano di gente che conoscono, dei loro programmi per l'estate. Quando i bambini iniziano a rincorrersi intorno al tavolo ci alziamo a camminare lungo la riva. Sono irritata con Arno, così mi unisco a Charlotte e Meghan.

Alle sei decidono finalmente di tornare tutti a casa. Chiamano i figli, che si salutano cantando una filastrocca sui fantasmi e le balene, e se ne vanno.

Arno chiede a Emma se si è divertita, lei annuisce e si rimette a canticchiare calciando un sasso. È spettinata, la maglietta sporca di salsa, le guance rosse e gli occhi lucidi di stanchezza.

"È stato piacevole alla fine, no?"

Dico sì, ma sono annoiata. Non vedo l'ora di tornare a casa mia, invece siamo d'accordo che stasera mi fermo da lui.

Emma crolla appena si siede, la testa appoggiata alle gambe di Arno.

"Hai raccontato a Charlotte dell'incidente?"

Lo chiamiamo così, quando lo nominiamo. L'incidente.

Arno esita.

"Me ne ha parlato lei, gliel'ha detto Emma."

"Ti ha chiesto di non lasciarla più sola con me?"

Non mi risponde, io non parlo più, gli occhi puntati contro il vetro e una mano di Arno sulla gamba, che non stringo.

Il fine settimana successivo Arno è libero.

Vogliamo passare due giorni pigri, giusto un pranzo a Bed-Stuy, se ci va, due compere a Fort Greene. Non abbiamo programmato nulla, a Evelyn che voleva organizzare una cena abbiamo detto di no. Subito mi sono chiesta se ci sarebbe stato anche Corrado, ma poi no, ovvio che no. Quel che è passato dentro di me quella sera l'ha capito benissimo.

Di lui chiedo un giorno al telefono.

"Per quest'anno ha finito di insegnare," dice Evelyn, "torna in Europa tutta l'estate."

Meglio così, penso.

Arno e io facciamo l'amore appena arriva. Mi stupisco di come io abbia imparato ad azzerare i conti da una volta all'altra: vederlo con Emma raffredda il bisogno che ho del suo corpo. L'emozione che sentivo all'inizio è stata gradualmente smussata dalla sua arrendevolezza, dalla violenza della presenza di Emma. Quel che si accende dentro di me ora è generato da questa violenza. Ma, passato qualche giorno, il corpo dimentica e torna a reagire al suo.

Per questo Arno ha appena il tempo di posare la borsa a terra che lo bacio spingendolo. Ride sorpreso, poi mi tira giù i pantaloni, mi gira, non si spoglia neppure lui. Vengo quasi subito, per il desiderio e la collera accumulati. Vengo per amore e vengo per odio, si viene più forte quando ci sono entrambi.

Dopo è uno scivolare nelle cose: le passeggiate, una galleria, la spesa, l'ozio sul divano a guardare trailer di film che sarà troppo tardi per guardare.

Rifacciamo sesso la sera: vengo con meno violenza – sento Arno di nuovo solido e presente. Mi chiedo una volta ancora che effetto abbia su di lui il mio modo di vivere Emma. Ovvio che me lo chiedo. Chissà se quelle che mi hanno preceduta hanno saputo vedere cose che io non vedo. Saputo amare in modi a cui io non ho accesso.

Domenica piove. Ci era venuta la tentazione di una giornata a Hastings, ma decidiamo di rinviare a lunedì, se smette. Arno non dovrà andare in ufficio, io ho appena consegnato il testo di una monografia e devo aspettare l'approvazione prima dell'editing: ho tempo.

Mi dice che in estate Charlotte tornerà in California: le hanno offerto due produzioni, ha detto di sì. Porterà Emma con sé.

Non riesco a crederci.

"Quando partono?"

"Appena finisce la scuola."

Fra quindici giorni.

"Andrai a trovarla?"

"Sì, qualche volta andrò, non credo che tornino loro."

"Potresti venire un po' in Italia con me."

Immaginiamo un'ipotesi di viaggio considerando le date della California: avremmo tre settimane per noi. Un tempo infinito, ormai. Di solito regolato dal lavoro di Arno e da Emma, che se lo mastica e sputa come meglio le va.

Inizio a fare questi pensieri.

Ma è vero che quanto era normale una volta – avere del tempo esteso insieme a una persona –, ora è una negoziazione che generalmente si risolve a mio sfavore. È colpa mia, che ancora non capisco quali sono le regole che governano questo mondo e, invece di entrarci, sto ai margini con il metro in mano.

Mi chiedo cosa debba sacrificare Arno. A cosa abbia rinunciato per stare con me.

In piena notte gli squilla il telefono.

Ci spaventiamo, Arno scatta in piedi, va a parlare in corridoio. Quando torna in camera, con il cellulare tra guancia e collo inizia a vestirsi facendo domande senza senso: "Cosa vuol dire che non sai?", "Sei ferita?", "Hai provato a chiamarla?", "Hai telefonato alla polizia?".

"Arrivo," chiude.

Si abbottona la camicia, confuso cerca intorno: i calzini, il portafogli.

"Dice che si è svegliata sotto la caldaia, non sa come ci sia finita. Non sa se Emma è in casa."

Non capisco una parola. Arno dice che deve andare, chiama la polizia. Mi alzo, lo seguo mentre cammina avanti e indietro in corridoio. Lo sento dire che la madre di sua figlia forse è stata derubata, non sa se sia ferita, sembra di no ma è chiusa a chiave dentro la stanza della caldaia di casa sua, crede, non ne è sicura. "Nostra figlia," dice, "la madre non sa se sia in casa."

"Ti chiamo."

Ed esce.

Chiudo la porta, guardo l'ora: le tre. Mi muovo per casa cercando qualcosa da fare. Metto via i piatti della cena, poi vado nello studio. Sul muro trovo tracce di slime, non me n'ero accorta. Sposto il divano letto, ce n'è ovunque. Prendo una spugna, inizio a pulire. A pensarci mi verrà da ridere: le pulizie alle tre di notte. Ma ho la mente vuota: è così assurdo – Charlotte che si sveglia senza sapere dov'è, l'ipotesi che le abbiano fatto del male, Arno che chiede se è stata violentata, le pare di no, le *pare* di no? – che i pensieri vanno in stallo. Finché Arno telefona.

"Tutto a posto."

"Come stanno?"

"Bene. Rimango qui ancora un po'."

Emma è con lui, la sento parlare. Mi dice che quando è arrivato c'era la polizia fuori, l'aveva chiamata anche Charlotte, Emma era in lacrime.

Spaventata dalla polizia o...? Arno non risponde, dice che Charlotte sta bene, si è svegliata sotto la caldaia, la porta non era chiusa, è poi riuscita a capire dov'era, a uscire e cercare Emma. Non ci sono tracce di scasso in casa, non manca niente. Emma piangeva, Charlotte aveva un mal di testa atroce.

"Ma cos'è successo?"

"Non si capisce, Charlotte era uscita con Josephine..."

"Ed Emma?"

"A casa con la babysitter. E poi la babysitter l'ha messa a letto e se n'è andata."

"Ha lasciato Emma da sola?"

"Non lo so. Non credo. Charlotte era già tornata, non si

ricorda, erano in un bar con Josephine e le hanno drogato il cocktail."

"Drogato il cocktail? Ma chi?"

"Dice che non c'è altra spiegazione. C'erano due tipi accanto a loro."

"Le hanno abbordate?"

"No."

"La polizia cosa dice?"

"Niente, sono andati via. È tutto in ordine, Charlotte sta bene, Emma si è spaventata, le luci delle volanti, le sirene, l'ambulanza, ma per il resto non ha niente. Torno appena posso."

Fuori sta schiarendo.

Quando arriva ci mettiamo a letto; la mattina mi sveglio prima io, lui tardi. Rimane agitato, nervoso.

"La droga nel cocktail?"

"Così dice," scatta, e io non insisto.

Ne riparleremo la settimana successiva, quando Emma mi racconterà che c'era un sacco di polizia e che hanno drogato la bibita di sua madre. Gliel'ha detto?, penserò. Ha raccontato a sua figlia che l'hanno *drogata*?

"Era ubriaca persa, altro che droga nel cocktail," dirò ad Arno.

Lui farà finta di non aver sentito.

11.

Racconto tutto a Evelyn, mentre la osservo sciogliere il burro nella padella. Sta frequentando un corso di cucina italiana e vuole che assaggi il suo risotto.

Le ho appena detto che mi sento un'egoista.

Evelyn versa il riso.

"L'egoismo non è necessariamente una qualità negativa."

Lei che ancora negozia spartizione di casa delle vacanze e cane con l'ex marito da cui ha divorziato anni fa.

Bevo un sorso di vino: "Forse non capisco cosa vuol dire avere figli".

"Non è così strano, visto che non ne hai."

"Dovrei *immaginare*. Essere più empatica."

Un po' di pepe, un mestolo di brodo.

"Difficile per una che di figli non ne ha mai voluti, forse?"

"La difficoltà di Arno la vedo, però."

"Sono due cose diverse. Un conto è dare una mano ad Arno, e mi pare che tu lo faccia abbondantemente."

"Mi sono anche ciucciata una quantità di Attila."

"Appunto. Non hai mai voluto figli per difendere il tuo tempo e il tuo spazio, e adesso te li trovi occupati da una bambina che non è nemmeno tua. Come se fosse scontato, poi."

"Il mio spazio no, casa mia la difendo."

"Lo spazio è anche mentale, Livia. Magari si trattasse solo di quello fisico."

Mi viene in mente il fidanzato che avrebbe voluto figli da me. Il giorno in cui, a casa dei suoi, c'era anche il fratello, che aveva avuto un bambino da poco: la tenerezza del mio ragazzo di fronte al bimbo, l'attenzione di tutti quando me l'hanno messo tra le mani e io me lo sono fatto scivolare. Per fortuna eravamo seduti sul pavimento e non si è fatto male. Ricordo ancora la vergogna, la sensazione di inettitudine; il dispiacere – l'imbarazzo? – del fidanzato di fronte al mio impaccio. La questione dei figli l'avevo chiarita da subito, ma lui sperava che cambiassi idea. È finita che ci siamo lasciati e lui si è costruito la famiglia che voleva con un'altra.

Forse allora ragionavo come quando ero adolescente: avere tutto il tempo davanti e chissà il futuro cosa riservava. O forse nemmeno allora mi sono mai posta il problema, andando appresso all'istinto, alla pancia. Buffo che si dica pancia per significare l'istinto, quando è proprio la pancia che volevo vuota.

O forse, ancora, sono stata subito troppo egoista per far posto a un figlio. È necessaria una generosità che probabilmente non ho per mettersi da parte nel modo drastico e definitivo che ci vuole. So per certo cosa non è mai stato: la scelta ecologica di non soffocare un pianeta già sovraffollato, la minaccia di una guerra mondiale, l'esaurimento delle risorse ambientali, dare la vita a una creatura in una società governata dal male: gli interessi personali, la violenza, la follia. Non l'ho mai vista come una questione che superasse il perimetro del mio corpo, che volevo completamente e in ogni momento a mia disposizione.

"Il tempo, l'egoismo... forse sono ragionamenti che si mettono a fuoco dopo. Quando qualcuno ti chiede conto di certe decisioni."

"Ti è successo?" chiede Evelyn.

"Una volta per strada, un'amica di mia madre. Quando le ho detto che non avevo figli, mi ha risposto: 'Mi dispiace per te'. Pure un'ex compagna del liceo, e una professoressa. 'Saresti stata una madre fantastica,' hanno detto."

"E tu?"
"Io ci sono rimasta male."
Mi verso ancora vino, controllo il bicchiere di Evelyn.
"Tutte donne, poi. Strano, no?"
Sento un formicolio nelle gambe e nelle braccia. Prendo la confezione dei pomodorini dal frigo, ne mangio un paio.
"Forse mi sono persa qualcosa di impagabile."
"Avere figli *è* impagabile, ne sono sicura." Un'ombra di amarezza nel suo sguardo: non averne avuti. "Ma se non ne hai mai sentito il bisogno, non vedo perché avresti dovuto."
Un altro mestolo di brodo.
Comunque, dice, non si tratta di farne o non farne. Si tratta di Emma. Rispondo che forse un'altra donna ci andrebbe d'accordo: una meno...
"Meno?"
"Meno come me."
"Un'altra donna non piacerebbe ad Arno. E in ogni caso," continua, "non sei un'altra donna." Scuote gli occhiali dal vapore della pentola: "Non puoi far niente di diverso da quello che fai".
Mi stringo nelle spalle, rispondo che potrei "vederla come un'opportunità", come dice Arno.
"È quello che vuoi?" chiede Evelyn mentre aggiunge i funghi, gli occhi rossi per la cipolla.
"È quello che dovrei. Invece sento una tale violenza..."
Mi guarda: non capisce esattamente, ma le sembra grave.
"A volte la prenderei a sberle, sai? Mi scatena dentro qualcosa che non ho mai provato prima. Se soltanto penso a quella smorfia da cretina, mi sale una... E non so perché. Non so se abbia a che fare con lei, con me, con Arno. Se lei non ci fosse sarebbe così semplice. È tutto un negoziare, rientrare, spiegarsi, venirsi incontro."
"Livia, io non so come sia, immagino complicato e delicato per tutti. Però ti conosco e, soprattutto, ti vedo. La violenza che dici non è normale. Non va bene per la bambina, ma quello che mi preme è che fa male a te. 'Vederla come un'opportu-

nità,' dice Arno? Un'opportunità per chi? Capisco voler stare con lui, ma a un certo punto ti devi fermare."

Mi fissa come a infilarmi le parole dentro la testa, poi comincia a grattugiare il parmigiano in un piatto.

"E ricordati che nessuno ti obbliga."

"Se voglio stare con lui non ho scelta."

No, ribatte: puoi decidere di non avere a che fare né con sua figlia né con "quella sciroccata dell'ex moglie". Sto zitta, la osservo. Non ho mai creduto che fosse un'opzione. Come si fa a vivere una storia in cui o ci sono io o c'è Emma?

"Non credo sia possibile."

"Purché tu non ti spinga troppo in là per te."

Vuole sapere Arno che fa. C'è, rispondo, incrollabile: ha scelto di stare con me.

"Ti credo."

La guardo interrogativa.

"Non è facile trovare un'altra disposta a rimanere in questa situazione."

Non ci avevo pensato.

Lei insiste: "E con te ed Emma?".

"Ci prova," rispondo. "Evita di parlarne davvero e, quando prendo l'iniziativa io, sminuisce, sostiene che esagero, che mi conosce e sa quanto certe cose non facciano per me."

"Cioè il problema sei tu?"

"Ci sta male, Evelyn. Le sta provando tutte anche lui."

Toglie la pentola dal fuoco, aggiunge il parmigiano, manteca.

"Ti ama."

Non è un'accusa: l'amore non basta.

Ci sediamo a tavola, lei serve il risotto. Mi fissa la bocca mentre lo assaggio. Chiudo gli occhi, mastico, deglutisco. Quando li riapro è ancora lì che aspetta: "Sposami," sorrido.

Prima che Emma parta, Arno cerca di vederla il più possibile. Mi invita sempre e io non riesco a dirgli che dovrebbe capire lui quando è il momento, e non mettere me nella posizione di dire no. Ma anche qui c'è qualcosa di storto. Ci sono donne che direbbero, invece, sì. Una donna soffice e strabordante, invece dell'utero secco che devo sembrare io a ogni "Stasera vado in palestra", "Devo lavorare", "Evelyn mi ha chiesto di uscire".

Vorrei poter dire *Lasciami in pace*. C'è questa stanchezza ormai del corpo, come una memoria che si è impressa nelle vene, da cui emergo di rado: quando Emma è meno capricciosa, quando non frigna, quando non grida, quando non fa la buffona per essere al centro dell'attenzione ogni minuto, quando non chiama suo padre di notte perché lui è con me. "Ti darà filo da torcere da adolescente," ha detto mia madre al telefono, "diventerai una rivale." "Più di così?" ho chiesto. Ma può darsi. Più di così.

Partono il trenta giugno, Arno le accompagna in aeroporto, quando torna è triste. Presto però capisce anche lui cosa vuol dire il tempo libero, la testa ariosa. La contraddizione che regola il rapporto con sua figlia da quando ha lasciato Charlotte. Emma aveva un anno. Piccola. Sono certa che Arno ha visto, sofferto della sofferenza che causava. Non lo biasimo.

Avrei dovuto capire molto di lui quando, appena conosciuti, non mi ha detto che gli mancavano Emma e Charlotte, ma un'idea di famiglia. *Un'idea* di famiglia. Inizio ora a vedere cosa significa: metterci tutti sotto lo stesso tetto e volerci felici. Arno lo è. O forse no, non lo è neppure lui.

"L'hai voluta, Emma?"

"No. L'ha voluta Charlotte."

"E tu?"

"Io ho detto di sì."

Non gli ho mai chiesto se pensasse che venire meno al desiderio di un figlio non avrebbe avuto conseguenze. Forse contava di innamorarsi di Emma una volta nata? Ci sono padri così. Uomini che fino all'ultimo giorno di gravidanza della loro compagna procedono per inerzia – perché lei voleva un figlio – ma poi, quando il figlio nasce, ci si perdono dentro e non sanno più immaginarsi, o ricordarsi, senza.

Non credo che ad Arno sia successo. Naturale che ami Emma, ma forse non se n'è mai innamorato alla maniera di quei padri. E allora perché quest'idea di famiglia?

Gli ho fatto qualche domanda sulla sua. I genitori separati quando era piccolo, il padre distante, la madre morta prima che lui "diventasse qualcosa".

Ancora oggi lui e suo padre si frequentano poco. Christopher è troppo vecchio per muoversi e Arno non va quasi mai a trovarlo: una volta all'anno, sebbene abiti in Pennsylvania. L'ho conosciuto: un uomo solitario, che trascorre le giornate a leggere "Die Zeit" sull'iPad. È stato allora che Arno mi ha raccontato del suo nome: l'ha ereditato dal nonno, il padre di Christopher che in realtà si chiama Kristapor, emigrato in Germania durante la diaspora degli armeni. A me Christopher ha affascinato subito: è un uomo severo, spigoloso, che mi ha in simpatia. Ma lui e Arno non possono stare mezz'ora insieme senza litigare.

"Siamo diversi," continua. "Io voglio offrire a Emma una presenza più costante. Anche se me ne sono andato. Anzi, proprio per questo."

"Dirle sempre sì, Arno, non significa garantire una presenza. Significa piuttosto mancare, in qualche misura. No?"

Si irrigidisce, ma continuo.

"Mi chiedo quanto tuo padre... quanto questa insicurezza..."

"Io non mi sento affatto insicuro con Emma," dice brusco. "So chi sono e so cosa voglio darle. Mio padre non ha niente a che vedere con quello che faccio con mia figlia. E, se vogliamo dirla tutta, le ragioni per cui io ho lasciato Charlotte sono ben diverse da quelle per cui lui ha lasciato noi."

Noi.

"Arno..."

"Capisco il tuo desiderio di dire la tua, Livia, ma ci sono davvero cose che non sai."

Posa la tazzina: il caffè spilla sul pavimento.

Rimane immobile, poi dice che ha del lavoro da finire.

Lo sento chiudere la porta dello studio, accendere la radio.

Mi alzo dal divano, infilo le scarpe, gli lascio un biglietto ed esco.

Sul marciapiede non sollevo gli occhi a vedere se sta lavorando davvero o se è in piedi davanti alla finestra a fissare la strada.

12.

In Italia arriviamo a metà luglio, Sori è già piena di turisti, noi evitiamo le spiagge: il nostro albergo dà su una scogliera a picco sul mare, scomodo per famiglie con bambini. L'ho scelto io: adesso che finalmente siamo senza Emma, intorno a me non ne voglio nemmeno l'ombra.

Trascorriamo le giornate coricati sui lettini sotto l'ombrellone, o in acqua. Arno nuota molto, nel giro di una settimana gli cambia il corpo. Diventa più bello, si rilassa, si abbronza, si riposa, si asciuga e fortifica. Ci pentiamo di non restare più tempo, partiamo malvolentieri. "Rimani tu," gli dico. "Mi raggiungi più avanti."

"Da solo non mi va," risponde.

Abbiamo programmato dieci giorni qui, poi nel Monferrato dove c'è la casa dei miei nonni. Mi ha telefonato mio padre: nessuno ci va più, se continua così cadrà a pezzi, bisogna decidere. "Se non la prendi tu la vendiamo."

"Potremmo andarci per le vacanze," ipotizzo con Arno.

Se Emma rimane con sua madre, vorrei aggiungere. Non riesco a immaginarla dentro quella casa, anzi: non ce la voglio. Lo spazio prezioso della memoria violato dalla sua sguaiatezza.

Intanto andremo a vederla. Non ci entro da anni. Ci sono macchie di umidità, forse il tetto da riparare, il riscaldamento da controllare. La soffitta è chiusa da chissà quanto, bisognerà sgombrarla, assumere una ditta, pulire, ridipingere. Costerà.

Rispondo che me ne occuperò io, come se fossi sicura, senza pensarci davvero. Un istinto. Non posso lasciare che anche quella porzione di me scompaia: il fatto che me ne sia andata non significa che voglia perdere tutto.

"Non è speciale. Non immaginarti chissà che," dico ad Arno.

Non voglio delusioni, doverlo convincere. Questo mio modo di ragionare è una cosa nuova e un buon segno.

Ad Abazia staremo a casa di cugini mentre valuteremo se vale la pena. Un'ipotesi di futuro vale sempre la pena. Soprattutto per me, che al futuro non ho mai pensato.

Arno parla con Emma quasi ogni giorno, talvolta si dimentica, talvolta Emma dice "domani". Lei è entusiasta della California: "Voglio vivere qua". "Magari!" scherzo quando me lo racconta. Da quando è partita trascorriamo molto più tempo insieme: stiamo da me o da lui, andiamo al cinema, facciamo compere, ciondoliamo per Brooklyn. Quando partiamo è solo un'estensione della vacanza che abbiamo già cominciato, anche se l'idea è più chiara a me. Arno si dibatte tra la voglia di andare e l'esitazione a mettere un'ulteriore distanza tra lui ed Emma. "Se succede qualcosa salti su un aereo," provo a rassicurarlo, ma è la prima volta che saranno fisicamente così lontani. "Ho paura di perdermela," dice una sera che abbiamo bevuto, e so che non si riferisce alla vacanza.

Il tempo con i miei genitori trascorre bene: organizziamo escursioni, prendiamo aperitivi, siamo sempre insieme perché li vedo poco e so che vorrebbero tornassi più spesso. Arno fa tutto volentieri, è a suo agio: affettuoso, accomodante. Aiuta mio padre con lavoretti, si imbarca in esperimenti di conversazione a gesti e parole improvvisate, cui cerco di sottrarlo. Chissà se vorrebbe suo padre, a passare del tempo insieme, o se, proprio perché suo padre non c'è mai stato, Arno ha tutta questa disponibilità nei confronti del mio. Questo bisogno?

Sostituire, proiettare. Gustare che punta di dolcezza ha, avere un padre.

Per Abazia partiamo una mattina presto: i miei vogliono prima passare da casa e poi portare Arno a pranzo in una locanda nella frazione vicina.

Quando arriviamo, un cugino ci aspetta. Ha fatto una prima ricognizione, da geometra specifica cosa bisogna sanare, quanto costerà. Ha gente disposta a lavorarci e prima si comincia, meglio è. Io ho una vertigine, stamattina ho ricontrollato il mio conto in banca: userei quasi tutto e, con gli imprevisti che ci sono sempre, probabilmente tutto. Ci vorrà qualche mese, continua lui mentre passiamo da una stanza all'altra: stanze che una volta erano ammobiliate, vissute. Ora c'è l'eco, mi fa impressione. Ormai dovrei saperlo: quando si va via, le cose che lasci non si fanno ritrovare identiche; procedono anche loro, decadono se non viste, non curate, e bisogna solo sperare di arrivare in tempo.

"Siamo in tempo?" Mio cugino sorride, ricorda quando da bambina dicevo: "Un giorno ci verrò a vivere io".

In trattoria, per Arno ordina mio padre; alla fine il proprietario gli offre un bunèt perché "in America queste nocciole ve le sognate".

"Ti piace?" gli chiedo mentre mio padre e mio cugino discutono alla cassa. "Lasciali fare," stava per alzarsi, "è casa loro."

La mattina dopo mi sveglio alle cinque, fuori albeggia. In silenzio mi vesto ed esco in cortile, la strada è ancora deserta, nell'aria rosa passano solo versi di uccelli e latrati di cani lontani. La campagna è già quasi tutta gialla, penso ai verdi e ai rossi dell'autunno, al turchese del cielo che oggi sarà invece un celeste pallido sfiancato dal caldo. In inverno, poi, c'è la nebbia che non fa vedere da qui a lì, e mi ha sempre protetta. Piacerà ad Arno, tutta quella nebbia? L'ha mai vista, lui? Respiro a fondo l'aria ancora fresca. Dietro la casa dei miei cugini c'è un orto, di fronte le vigne. Che bello sarebbe venire in ottobre.

Quando rientro, Arno è sveglio e sta cercando il caffè: "Prendila".

Apro le ante dei pensili: "Credi?".

"Purché non mi molli per venire a viverci da sola."

Scherza, sorrido. È un'ipotesi a cui penserò, ma non lo so ancora.

Decido di avviare i lavori: un'ipoteca sul tempo futuro con Arno. A volte mi chiedo se sarò in grado. Lui no, non ha dubbi: "Per me, sei tu". *Ma io sono una e sono sola*, non gli ho mai risposto, *con me si ferma tutto. Con te, no.*

Rientriamo a New York la prima settimana di agosto. La canicola quest'anno è micidiale, andiamo in spiaggia appena possiamo, due fine settimana di fila Upstate: Hudson, Woodstock. Chiamo spesso mio padre, che mi tiene aggiornata sulla casa. Troppo caldo ora, gli operai sono in vacanza. Tornano a fine mese, a settembre si parte. "Sei sicura?" chiede ancora. Sfioro per la prima volta davvero l'ipotesi del ritorno, un giorno.

Emma e Charlotte rientrano per l'inizio della scuola. Arno va a prenderle in aeroporto, rimangono d'accordo che i fine settimana seguenti Emma andrà da lui, ma lei non sembra entusiasta.

"Non è più abituata," gli dico. "Vedrai che poi viene volentieri."

Quel venerdì, per la prima volta, Arno non mi chiede di restare a dormire. Penso subito che sia per godersi del tempo esclusivo con sua figlia, ma è strano. Ci diamo appuntamento il giorno dopo. Sabato mattina mi telefona per dire che Emma vuole rimanere da sola con lui.

"Certo."

Non mi stupisce. Nemmeno io ho voglia di vederla.

"Charlotte deve averle fatto il lavaggio del cervello."

"Scusa?"

"Ho paura che questi mesi appiccicata a lei e alle sue amiche le abbiano fatto male. Te la ricordi Josephine, la tizia del libro sulle streghe? Ecco, sono tutte così: lesbiche, divorziate, femministe e incazzate."

"Arno!"

Ridiamo, ma poi dice che ha dovuto estorcere a Emma il fine settimana insieme, e che lei ha accettato soltanto quando le ha promesso che sarebbero stati soli.

"Almeno sai che, a differenza di Josephine, non ce l'ha con gli uomini. Ancora," sorrido.

"Non mi vuole vedere."

"No," lo correggo, "non vuole vedere me."

Ovviamente risponde che non è vero, è Charlotte che l'ha suggestionata mettendole in testa chissà quali idee.

"Ma che idee vuoi che le abbia messo in testa... Deve solo riabituarsi e starete benissimo."

A casa mia vengono il venerdì successivo. Sospetto che Arno l'abbia obbligata, perché, quando arriva, Emma è di cattivo umore e ci rimane per tutto il tempo.

"Aveva qualcosa con le sue amiche?"

No, e anche se fosse non sarebbe un problema: ce la porterebbe lui.

Appena entrata nemmeno mi guarda, né mi parla. Arno crede che sia un ritorno di timidezza e subito anche io. Fino a quando noto una cosa: chiama spesso sua madre. All'inizio mi convinco che abbia quindi ragione Arno: tutto quel tempo con lei a così stretto contatto – ma non sono sempre a stretto contatto? Non capisco, la osservo. Dice no a tutto quello che Arno propone di fare, quando la rimprovera si alza e se ne va in camera. Io non commento: lui è preoccupato, pensa che sia successo qualcosa.

"Era così anche il fine settimana scorso?"

"No. Anzi: era allegra, mi ha raccontato un sacco di cose sulla California e la gente che ha conosciuto. Si è fatta degli amici, continuava a dire che vuole andare a vivere là. Sembra davvero convinta. Ha voluto guardare le scuole."

Lo dice a voce bassa, come a togliere volume alla tristezza

che probabilmente non ha saputo dissimulare con lei, preso alla sprovvista.

Poi noto che Emma telefona a Charlotte quando è sola con me. Se Arno esce a fare una commissione o va in camera a lavorare, Emma prende il cellulare e la chiama. Me ne accorgo il momento in cui, per lasciarla parlare in pace, esco dalla stanza e torno quando dal corridoio sento che ha finito: appena entro, la richiama. Immagino si sia dimenticata un pezzo, invece, dopo che succede un paio di volte, capisco.

Sono conversazioni brevi, che spesso durano qualche secondo. Non so cosa le dica Charlotte. Mi chiedo se Arno ne sia al corrente.

"Sei sicura?"

"Sì."

"Mi sembra strano. Non l'ha mai fatto."

"Non lo faceva *prima*."

Non ho bisogno di specificare prima di cosa.

Sabato sera, dopo che Emma ha tenuto il muso tutto il giorno, Arno va a parlarle. Si chiudono in camera e quando riemerge è nervoso.

"Cosa ti ha detto?"

"Che non è vero."

"Certo che è vero. Te lo dico io."

"Magari è una coincidenza?"

"Scommetti che, se adesso vado da lei, chiama Charlotte?"

Arno fa per dire qualcosa, abbassa gli occhi. Io non vado di là e non aggiungo altro. Ci mettiamo a letto. Spero solo di non trovarmi pezzi di cena nel pigiama o il frigorifero svuotato domattina.

Il grido di Emma ci sveglia in mezzo alla notte.

"Papà!"

Ha mal di testa. Lo costringe ad alzarsi: prima vuole un massaggio, poi un asciugamano caldo sul collo, poi i granuli omeopatici. Quando Arno le dice che non li abbiamo, pianta su un macello e pretende che li vada a comprare da Rite Aid.

Vestendosi, mi chiede se posso darle un'occhiata mentre è

fuori, io stento a credere a quello che vedo: "Ci vai davvero? Ma dalle un Advil!".

Non risponde, prende le chiavi ed esce.

Non mi muovo dal letto. Tengo la luce accesa perché tanto non se ne parla di dormire, e poi chi si fida: se Emma vede che mi sono riaddormentata, è capace di radere al suolo la casa.

Dalla sua stanza non arrivano rumori. A un certo punto sento un fruscio, mi volto: è lei che, quando incrociamo gli sguardi, si gira e fila via. Non la rincorro, non chiedo come sta, se le serve qualcosa. Però ci penso: andare in camera, vedere che fa. Parlarle. Cercare di capire se davvero chiama sua madre perché con me si sente in pericolo. Cosa risponderebbe? Ha solo nove anni, cosa vuoi che risponda. Ma non è quello che potrebbe dire: è quello che io capirei di me. "Ti faccio paura?" Come se, non vista, potessi – volessi – farle del male.

Sento una rabbia improvvisa contro Arno, che doveva portarsela dietro.

Quando torna, non dico niente. La mattina troverò le tazze sporche nel lavandino e non ne sposterò una.

Emma dorme fino alle undici. Arno e io facciamo colazione scambiando poche parole. È pensieroso, a un certo punto dice che preferisce riportarla a casa: "Forse qui non si sente a suo agio".

Dubbio che gli verrà confermato da Charlotte: Emma ha detto che non vuole più venire da me.

Me lo riferisce desolato: è cambiato qualcosa dal viaggio in California. Mi trattengo dal rispondergli che non è per la California. Sono sicura che invece sia per l'incidente. Non ne abbiamo più parlato. È un argomento che preferiamo entrambi evitare. Un'omissione che, subdola, ha cominciato a infiltrare i muri.

Corrado e io ci rivediamo pochi giorni dopo.

Ricevo il suo messaggio sulla mail del lavoro: c'è una conferenza su traduzione e filosofia alla New York University, potrebbe interessarmi. In allegato trovo il programma, il link dove prenotarsi. Non dice se ci sarà anche lui.

La sera della conferenza arrivo in anticipo, mi siedo in fondo nel caso in cui fosse noiosa. Lui non c'è, io ascolto per un po', finché decido di andare via. Mi sono appena alzata quando entra. Ci salutiamo sulla porta, sottovoce chiede se ho da fare, rispondo di sì, poi di no, non capisco cosa intenda, risolve lui: "Andiamo a bere qualcosa".

Appena fuori, sospiro. Corrado ride: "Mi dispiace... così tremenda?".

"Colpa mia. Mi annoio da morire a sentir parlare gli accademici."

"Meno male che non parlo io," risponde prendendomi a braccetto.

Camminiamo fino a un locale su Mercer, entriamo e ci sediamo a un tavolino. Adesso che ce l'ho di fronte noto qualcosa di diverso, ma non riesco a capire cosa: gli occhi verdi, i capelli spettinati e grigi qui e là, la bocca piccola, il naso aquilino che su questa faccia sta bene. Forse è dimagrito. Ritrovo però subito l'energia, una vibrazione tra me e lui che assottiglia l'aria e spinge le mani a incrociare il campo dell'altro, sfiorarsi nel leggere il menu, mostrarsi le cose. E la facilità del parlare in italiano: capirsi al volo, scambiarsi battute intraducibili in inglese, l'accento ligure e quello piemontese. Scivolare invece che arrampicarsi.

Sparliamo un po' dei suoi colleghi, di questi americani che a me talvolta sembrano vuoti anche quando dovrebbero essere pieni, e mi viene in mente una scrittrice che sono andata a sentire da poco: "Come si fa a fare letteratura quando si hanno i denti perfetti?". Corrado si diverte e allora mi scateno: "Ridono nei punti sbagliati dei film, si mettono in braghe corte e ciabatte appena ci sono quindici gradi, riscrivono i libri per ragazzi perché c'è la parola 'grasso' ma l'assistenza sanitaria non la toccano. E non trovi ridicoli questi genitori che chiedono ai figli cosa vogliono mangiare e se sono d'accordo sulle vacanze e se possono andare al cesso da soli senza traumatizzarli?".

Esagero, generalizzo, come si fa a raggruppare gli americani, a definirli, sono un'americana anche io, dopotutto. È che ho voglia di riposarmi in Corrado, sentirci simili: due che hanno lasciato il proprio paese e vivono all'estero, e qualsiasi estero sia le difficoltà rimangono le stesse – la lingua, la fatica dell'integrazione, la nostalgia e il rifiuto di quel che abbiamo lasciato, che se ne va per conto suo senza di noi; l'ipotesi del ritorno, come fosse possibile ritrovarci in quello che non conosciamo più.

"Quando parti?"

Corrado finge di non accorgersi che per saperlo ho chiesto notizie a Evelyn.

"Domani, un paio di settimane. Poi a Natale. Conferenze noiose come quella di stasera."

Sorrido e mi dispiace. Ora che sono seduta qui con lui vorrei rivederlo presto.

"Tu?"

"Io a Natale, per pochi giorni. E poi in estate. Se riesco, un mese ad agosto."

"Vieni a Parigi."

Sorrido sorpresa: "Parigi in agosto?".

"Ho l'aria condizionata, e la sera, se sai dove andare, si sta benissimo."

Scuoto la testa, ma è serio.

"Ci penso," rispondo tornando al menu.

Più semplice glissare che dire no. Tanto si sa come vanno queste cose: ci si dimentica e le vacanze passano in un lampo senza essersi cercati una volta.

Finiamo a parlare di relazioni. Sono stata io, che ho bevuto a stomaco vuoto.

"L'ultima risale a più di un anno fa," risponde Corrado.

Chiedo dettagli, come se poi non rischiassi di doverne dare io.

"Mi ha lasciato lei. Diceva che non l'ho mai davvero scelta."

"In che senso?"

Fa un gesto vago con la mano: "Non c'ero veramente, sempre in giro e noi due mai la priorità".

"Aveva ragione?"

Mi lancia un'occhiata rapida, poi guarda altrove: "Non è obbligatorio rimanere immobili per amare qualcuno".

"Però esserci sì?"

Si irrigidisce.

"Forse non era la persona giusta per te," provo a recuperare.

"O forse sono io che sto meglio da solo."

Un disagio improvviso: e allora cosa vuoi da me, vorrei chiedere. Mi precede: "O piuttosto: volevamo cose diverse, e quindi bene così".

Vedendolo incupirsi dico che deve averne sofferto molto anche lui. "Le ho dato tutto quello che avevo," risponde. "Ma capisco il suo punto di vista," continua, "Parigi, l'Italia, adesso New York. Qua e là. Dopo un po' mi bruciano i piedi," sorride.

"Magari un giorno ti stuferai e avrai voglia di posarti da qualche parte."

"Dubito."

"Invece," si scuote, "avrei bisogno di incontrare qualcuno fatto come me."

Questa volta lo sguardo non svia altrove e rimane dritto nel mio. Di nuovo il disagio, la voglia di chiedergli che vuol dire qualcuno fatto come lui, cosa vede dentro di me che non vedo io. O che non c'è.

Non rispondo: il contatto delle sue dita calde sul mio viso a spostarmi i capelli.

Fuori dal ristorante parliamo ancora un momento finché non sappiamo più che dire. Corrado ferma un taxi, apre la portiera e aspetta. Io sollevo una mano in un gesto che spero porti in sé la leggerezza di un saluto e non la violenza di un rifiuto, e mi avvio a piedi.

Con sollievo e delusione penso che tra poco sarò a casa, da Arno.

13.

Un mese dopo Charlotte annuncia ad Arno che dalla California le hanno proposto la direzione di una rassegna teatrale. Comincerà nel nuovo anno e durerà sei mesi.

"Vuole portare Emma."

Calendario alla mano, Arno stava cercando di capire cosa proporre a Charlotte per le prossime settimane, e dirle dell'idea che ha avuto per Natale: andare a sciare nelle Catskills con Emma, solo loro due, mentre io sono in Italia. Mi aveva offerto di aspettarmi, ho detto no: "Per Emma," ho precisato, "in questo momento preferisce stare sola con te". Arno pensa ancora che sia colpa di Charlotte, e la prospettiva improvvisa che la porti via per un semestre intero lo preoccupa e infuria. Anche perché Emma è d'accordo.

Ne hanno appena discusso al telefono, Arno si è fatto passare anche lei, che a quanto pare non vede l'ora.

"Non la capisco, è così legata ai suoi amici, a Helena..."

"Ma guarda che tua figlia è una 'lontano dagli occhi lontano dal cuore'."

"Non è vero."

Il suo tono è duro contro lo sprezzo del mio.

"Sta di fatto che ci vuole andare."

Non trovo tenerezza. Dovrei. Dovrei consolarlo, stempergli la rabbia. Immaginare strategie perché passino più tempo insieme da qui alla partenza, sfogliare il calendario scolastico e segnare ipotesi di viaggio, suggerire di coinvolgere Emma: allargare invece di restringere. Non solo non faccio niente di tutto questo, ma stringo talmente tanto da strozzare. Come ho potuto pensare che Arno non se ne accorgesse. E infatti Arno, stavolta, non lascia passare.

"Ho capito che ci vuole andare, sto cercando di scoprire perché. Significherebbe non vedersi per mesi, e in ogni caso mi dovrei muovere io."

"Non mi sembra così complicato," rispondo, "e comunque è una bella opportunità per lei. È la cosa più importante, no?"

Sto sbagliando tutto: il modo, le parole. La rivalsa, la voglia di punire. La rabbia. Me ne rendo conto, me ne rendo sempre conto. Allungo una mano a dargli una carezza sulla guancia senza alcuna dolcezza: "Vedrai che la aggiustate. Charlotte è contenta?".

"Immagino di sì," risponde gelido.

Ha aspettato che la mia mano si staccasse dalla pelle: "Anche tu sarai contenta".

Un centimetro più avanti e cadiamo. Evito di fingere di non aver capito, almeno questo, questo lo incendierebbe all'istante.

"A me non cambia molto, Arno."

"Potresti venire anche tu, qualche volta."

Mi sta provocando?

"Vediamo."

Come se davvero dovessimo decidere ora, come se la parola detta stasera, a questo tavolo di cucina, valesse come pegno. Come se, a porgergli la mano, Arno mi potesse divorare tutta intera. Lui ed Emma.

"Vediamo," ripete. Il mio passe-partout, l'ha chiamato una volta. La mia formula per sospendere le conversazioni e dire, in fondo, no.

La tensione tra noi rimane fino a quando andiamo a letto. Se non ci vediamo da un po' viene naturale cercarci, ma stasera l'aria in mezzo a noi sembra solida. Mi avvicino io, lo bacio, lo accarezzo, ma il suo corpo fa attrito contro il mio, invece di entrare sfrega e più che finire smettiamo. Siamo stanchi, ci diciamo, buonanotte.

Emma e io ci vediamo poco tempo dopo. Mi parla di San Francisco, mostra delle foto del Mission District, racconta di questa o quell'amica di sua madre, del teatro, di un paio di ragazzini che ha conosciuto e vanno in una scuola che frequenterà anche lei. San Francisco le è piaciuta subito, ha già un ristorante e un caffè preferiti, un negozio di seconda mano dove Charlotte le ha comprato la maglietta arcobaleno che indossa ora. Ogni tanto si appoggia a me sfogliando le immagini mentre le faccio domande, mi interesso ai suoi racconti, guardo le foto dei cani di un amico di Charlotte. Rassicuro Arno, che ci sta osservando. Propongo addirittura a Emma di andare a farci la manicure. Sbalordito e contento, Arno aspetta che lei dica di sì. Non vuole credere che dall'incidente Emma non abbia più voluto fare cose sola con me, ma lo sento sulle spine. Io penso che Emma dirà di no, perciò mi stupisco quando accetta.

Arno fa per darmi i soldi: "Lascia, uscita tra ragazze," dico.

È una bella mattina fresca, gli alberi spogli ma l'aria tiepida. Viene voglia di star fuori, prendere un gelato, un caffè in un dehors.

Emma conosce un salone qui vicino, ci avviamo senza parlare. Lei chiama sua madre, racconta del nostro programma, sento Charlotte lanciare un "wow!" che potrebbe essere allegria come panico. Per fortuna il posto è a pochi isolati.

La donna all'entrata indica due poltrone, ci sediamo una accanto all'altra. Emma, come tante bambine newyorkesi della sua età, si fa già regolarmente le unghie: di fronte al quaderno di trattamenti e smalti che l'estetista cinese ci piazza tra le mani, non esita un secondo.

"Mi sa che mi devi aiutare."

Lei si inclina sul bracciolo della mia poltrona e mi decifra il tutto.

"La cosa più semplice."

"Okay."

Si rivolge alla ragazza davanti a me e spiega cosa voglio.

Come se fossi una parente straniera, o imbecille, appena sbarcata nella metropoli.

Emma si riaccomoda sulla sua poltrona, le mani sapientemente alternate tra scodelle, vaschette, pennelli. A me l'impiegata deve tirare sberlette sui dorsi per farmi cambiare mano perché non capisco che devo fare.

"Emma, mi picchia."

Lei ride, inizia a canticchiare muovendo la testa a tempo. Si ferma solo quando l'estetista stende lo smalto, ma continua a sussurrare la canzoncina.

"Siamo sicure del colore?" chiedo quando la ragazza prende una boccetta.

Emma accartoccia le labbra a riflettere, è buffa, poi riconsidera la scelta del rosso brillante: "Forse per te è meglio un trasparente".

Rimango colpita dalla sua frase, detta con un candore privo di qualsiasi doppio senso. Mi viene quasi da ridere: *Forse per te è meglio un trasparente*.

"Vuole quello," dice.

L'estetista sostituisce i colori e mi stende lo smalto sulle unghie.

"Che facciamo dopo?"

Emma scrolla le spalle.

"Vuoi andare a casa e vedere che programmi ha tuo padre?"

"No, ha detto di star fuori che deve lavorare."

"Allora ti va un succo?"

"Bubble tea!"

"Benissimo, non l'ho mai bevuto."

"Non hai mai bevuto un bubble tea?"

"No."

"Oh mio dio," esclama alzando gli occhi al soffitto.

All'ennesima sberletta infilo le mani sotto l'aria tiepida dell'asciugatore mentre penso che Arno sarà felice di ciò che gli racconterò più tardi.

"Ti piacciono?" chiede Emma mentre mi guardo le mani.

"Molto. Le tue?"

Ha scelto blu elettrico per la mano destra e arancione per la sinistra, me le mostra.

"Stupende," dico.

Dopodiché chiama Helena e rimane al telefono con lei fino al caffè. Arrivate a destinazione mette giù e prendendomi per il braccio mi porta davanti alla lista appesa al muro.

"Oddio... Tu quale prendi?"

"Flaming Brown Sugar Milk. È troppo buono."

Inizio a leggere gli ingredienti, lascio stare: "Earl Grey".

Aspettando che li preparino, ci sediamo sugli sgabelli davanti alla finestra. Fuori passa una donna con un cane: "Oh... è uguale a Muffin".

"Muffin?"

"Il cane dei vicini. Vado da lui *ogni giorno*."

Poi, come punta da un'ape: "Tu non lo conosci ancora!".

"No."

"Devi conoscerlo. È così dolce..."

"Va bene. Un giorno vengo a conoscerlo."

"Mi manca."

"Lo rivedi domani, no?"

Emma annuisce, si rianima: "Io voglio un Akita".

"È un cane?"

"Bellissimo!" esclama tirando fuori il telefono. "Te lo faccio vedere."

Mi mostra una cucciolata di batuffoli bianchi e rossi.

"È il cane dei samurai."

"Avevano il cane, i samurai?"

Emma mi guarda perplessa. Passa oltre: "Costa tantissimo".

"Quanto?"

"Duemila dollari."

"*Duemila*?"

"È un cane stupendo!"

Sto per rispondere, ma ci chiamano. Prendiamo i bubble tea e usciamo.

"Voglio farti vedere una cosa," dico.

Dietro casa di Arno c'è un negozio di macchine da scrivere. Non ho mai capito come possa resistere aperto, chi ancora ne compri. Ci fermiamo davanti alla vetrina, lei guarda i modelli in esposizione.

"Wow," dice con la cannuccia in bocca. "Tu usi una di queste?"

"Non più. Quando ero giovane, sì."

"Non ti facevano male le dita?"

"Ne usavo soltanto due."

"Ce l'hai ancora?"

"L'hai vista, a casa. Ma non la uso, no. È molto vecchia, tanto per cominciare dovrei sostituire il nastro dell'inchiostro. Poi non credo che avrei più la pazienza. Vedi la conca sotto il rullo? Dove spuntano i martelli. Non sai quante volte, pigiando i tasti insieme, mi si incastravano in mezzo a una frase e dovevo sbloccarli. Oppure bucavo il foglio quando ero scarsa di inchiostro e pigiavo e ripigiavo per scrivere una parola."

"Per cosa la usavi?"

"Le mie prime traduzioni. I computer c'erano, è che mi piaceva da morire. Me l'aveva regalata mio padre. E ci ho anche scritto un paio di racconti. Nessuno pubblicato, però."

Le indico un'Olivetti: "Ne avevo una così. Finiva che mi toccava tagliare e incollare i fogli, facevo questi blocchi di carta e colla, non ci si capiva più niente".

"Forse è per quello che non te li hanno pubblicati."

"Può essere. Mi sarebbe sempre piaciuto scrivere un romanzo, ma non l'ho mai fatto."

"Anche io voglio scrivere un romanzo."

"Ah sì? E da quando?"

"Da adesso."

"E sai già di cosa vuoi scrivere?"

Emma riflette, gli occhi puntati sulla Olivetti: "No".

"Potresti metterti nello studio di papà a buttare giù qualche idea."

Sulla via del ritorno è assorta e concentrata. Non telefona a nessuno per tutto il tragitto. Salendo le scale di casa annuncia che sa cosa scriverà.

"Caspita, sei una bomba."

"È la storia di una ragazza."

"E che fa questa ragazza?"

"Non ci ho ancora pensato."

Quando Arno apre, Emma fila nel suo studio: vuole mettersi subito al lavoro.

"Abbiamo prodotto?" chiedo quando riappare.

"Non ero in vena."

"Ci vuole pazienza. Vedrai che se insisti qualcosa verrà."

Emma scrolla le spalle, prende il telefono.

La serata passa tranquilla. Una sensazione di calma che non avverto mai quando c'è anche lei: una rilassatezza, un piacere. Mi dico che ho passato una bella giornata, che forse è solo questione di disponibilità e tempo. E se dipendesse da me, penso.

14.

Una sera Arno ci porta fuori a cena. Il ristorante lo fa scegliere a me, un locale a Bed-Stuy dove mi piacerebbe andare da mesi. Emma non ha voglia di uscire: è buio, fa freddo. Arno la convince chiamando un taxi. Il ristorante è stipato di tavolini, per fortuna il nostro è in un angolo in fondo. Emma solleva i mignoli e imita l'accento francese aprendo il menu: "*Vediamò* cosa *mangiamò*". Si è messa elegante: felpa con le paillettes argentate, scarpe da ginnastica nuove, bracciali di plastica rossa, una sciarpa di seta di sua madre che le ho annodato con uno sbuffo sul lato. Ho provato anche a legarle i capelli in uno chignon, mostrandole allo specchio quanto era carina. Emma se l'è disfatto subito e si è cacciata i capelli dietro le orecchie: "Sembro una foca".

Per spirito natalizio ha chiesto a Charlotte di tingerle le ciocche davanti una di argento e una di rosso, "Ti manca la renna," ha commentato Arno. Lei non se l'è presa. L'ha guardato con sufficienza e, sollevando un sopracciglio, ha risposto: "Non capisci la moda". Le ho dato ragione. La pensano così anche le due donne al tavolino accanto, che si allungano verso di lei e dicono: "Hai un look favoloso".

"Grazie," risponde Emma senza scomporsi.

Sembra abituata ai complimenti; oppure è una bambina come tutti gli altri in questo posto, o di questa generazione: abituati all'adulazione, a che il mondo si torca e plasmi intorno al loro perimetro.

"Helena ha un fidanzato," dice all'improvviso con gli occhi sulla lista.

Sta muovendo il mento a destra e sinistra a seguire il pezzo hip hop trasmesso dalle casse, ogni tanto caccia la lingua in fuori e arriccia il naso: lo conosce, probabile che sappia anche ballarlo. Prima di uscire mi ha fatto vedere il video di una bambina bionda di cinque o sei anni che agitava tette inesistenti e culo microscopico su una canzone del genere.

"Lo conosci questo fidanzato?" chiede Arno.

"Huh-huh."

"Com'è?"

Emma fa un gesto vago nell'aria, chiude il menu e lo sbatte sul tavolo: "Un maschio".

"E quindi?"

Lei sbuffa, scrolla le spalle, comincia ad agitare i piedi sotto il tavolo: "Sono tutti scemi".

Arno ride, io penso che sia gelosa. A quanto so, non ha nessun bambino che le gira intorno.

"E tu?" chiedo.

Lei fa la faccia disgustata, un verso a dire *Che schifo*.

"Non ti piace nessuno dei tuoi compagni di scuola?"

"Io sono gay."

Arno la guarda: "E da quando?".

"Da sempre."

"Sei sicura?"

Emma fa sì con la testa. Il cibo arriva, smettiamo di parlarne. Arno è colpito da quanto ha appena sentito, stasera gli dirò "Vedremo cosa succede", e che, se fosse, meglio così.

"Meglio così?"

"*Siete tutti scemi*," risponderò, facendolo ridere.

A Natale vado in Italia, Arno ed Emma a Windham. Mi manda foto e gliene mando anche io: l'alba sulle montagne, la neve per le strade, i lavori ad Abazia, interrotti per le vacanze ma a buon punto, mio padre e mia madre con un bicchiere di spumante in mano a Capodanno. Le sue sono quasi tutte di Emma: Emma sugli sci, Emma con un panino al bar sulle piste, Emma nella camera d'albergo, un asciugamano a turbante in testa, l'accappatoio e lo smalto sulle unghie dei piedi. Mi manda anche un video della sua prima lezione di sci: l'imbarazzo, gli "Uffa!" ogni volta che cade, il famoso balletto imparato dalla babysitter che fa ridere la sua maestra di sci: "Ma sei bravissima!".

Mostro le foto ai miei genitori.

"Che forte," commenta mia madre. Mio padre, vedendo la mia espressione: "Come l'aceto". Ridiamo, lascio un messaggio ad Arno, "Salutami Emma," dico spesso, "Sentiamoci quando puoi parlare". Cioè quando Emma è a letto e non gli ronza intorno berciando perché senza il cellulare che Arno ogni tanto le toglie si annoia. "La noia sviluppa l'immaginazione," le dico una volta in cui, mentre sono al telefono con suo padre, viene a lamentarsi.

Non riesco a trattenermi. Sento Emma pervadere ovunque, anche quando non c'è. E quando arriva tutto si ferma, si altera, si spreca. Ho questa impressione: che Emma venga a usurpare.

Partono per la California i primi di gennaio, Arno va a trovarla appena si sono sistemate. Mi manda fotografie dell'appartamento di Charlotte, del quartiere pieno di giardinetti, della scuola, di Emma. Ha un nuovo taglio di capelli: corto davanti e sui lati, lungo dietro. Ce l'ha quell'ex starlet Disney che ora si fa fotografare con la lingua fuori per mostrare che è diventata cattiva, ma piano piano l'ho visto dilagare ovunque: attrici, top model, cantanti. I bambini ancora no, Emma è la prima che vedo. Manderebbe in visibilio quelle due tizie vicino a noi al ristorante. Arno si convince che le sta bene. Ha personalità, dice. Quel che è certo è che per Emma non sarà una moda e basta: lo terrà per anni e le diventerà così familiare che da un certo punto in avanti Charlotte smetterà di rinfrescarglielo e se lo farà da sé.

"Sta bene allora?" chiedo in mezzo alle decine di fotografie che Arno mi manda.

"Benissimo."

Ha la voce chiara, è sollevato. Emma gli manca, ma la vede contenta.

"Più contenta di qui?"

"Mi sa che vuole rimanere."

Gli dico di non essere triste e di pensare a marzo, quando Charlotte la porterà a New York una settimana per degli appuntamenti di lavoro ed Emma starà da lui.

Ciò a cui invece cominciamo presto a pensare tutti è il Coronavirus: il primo caso registrato negli Stati Uniti è il 20 gennaio nello Stato di Washington. Sei giorni dopo arriva in California. Arno e Charlotte ne parlano subito. Per il momento decidono di aspettare: "Vediamo come evolve, forse è un caso isolato". A New York non c'è ancora, o così crediamo.

In Europa il primo cluster è ufficialmente rilevato il 21 febbraio 2020 nel Nord Italia, anche se si saprà in seguito che ce n'erano già altrove dalla fine del 2019. Poi è il turno della Francia e, rapidamente, Belgio, Finlandia, Germania, Russia, Spagna, Svezia e Regno Unito.

Mi preoccupo subito per i miei genitori, seguo le notizie con apprensione, li chiamo tutti i giorni. "State in casa," raccomando.

Emma e Charlotte atterrano come programmato il 15 marzo, malgrado lo stato d'emergenza dichiarato a San Francisco già il 25 febbraio. Qui è ancora tutto normale: noi lavoriamo, gli appuntamenti di Charlotte sono confermati. La sua intenzione è perciò di rimanere la settimana prevista e poi tornare in California. Arno le dice che l'indomani, quando porterà Emma da lui, ne riparleranno.

Ma il giorno dopo Emma non va da suo padre. Nessuno va da nessuna parte, se non a casa propria e al supermercato a fare scorte di cibo. A partire dal 16 marzo le scuole di New York e di San Francisco vengono chiuse. Il 20, l'ufficio del governatore dello Stato di New York emette un ordine esecutivo per la chiusura delle attività commerciali non essenziali. Il sistema di trasporto pubblico della città continua a funzionare, ma il servizio è drasticamente ridotto.

Arno e io decidiamo di stare da me. Porta a casa mia le sue

cose e il 16 stesso va da Charlotte. Comprano cibo al supermercato e online: carne, pasta, riso, pane. Lo stesso facciamo noi, ma gli scaffali dei supermercati iniziano a svuotarsi dai primi giorni e quelli su internet sono presi d'assalto. Presto dovremo prenotare il nostro turno di consegna a domicilio con settimane d'anticipo. Nascono piattaforme alternative, ci abboniamo a tutte. Disinfettiamo ogni cosa: le confezioni di cibo, la posta, le suole delle scarpe, la frutta e la verdura. I corrieri lasciano i pacchi davanti al portone, abbiamo paura che vengano rubati o che ci infettino, li apriamo con i guanti di lattice.

Ogni giorno ascolto le comunicazioni di Cuomo e Fauci, chiamo le compagnie aeree per cercare di fissare un volo appena possibile. È tutto bloccato: i voli nazionali e internazionali, gli aeroporti. Per poter uscire di casa mi sveglio all'alba e vado a correre al parco. Una mattina, una donna con il cane non mi sente avvicinarmi da dietro, si spaventa e mi sbraita contro. Provo a risponderle, lei grida più forte, appena arrivo in strada scoppio a piangere.

Tutto va fuori norma a una velocità inaudita e nessuno sa cosa aspettarsi, cosa ci ha investiti, come reagire. Proviamo ostinati a vivere nel mondo a noi familiare condividendo le informazioni che troviamo, che invece lo dissestano. Evelyn ha lasciato Manhattan ed è andata con un'amica a Long Island: passerà il lockdown là e si troverà così bene che deciderà di trasferirsi. Una dei tanti che coglieranno quest'occasione per cambiare vita: mollare il lavoro, sposarsi o divorziare, fare un figlio, partire. Come se avessimo tutti d'un tratto capito che vivere è un fatto arbitrario e che adesso o mai più.

Arno e io iniziamo a lavorare da casa. Subito non cambia molto, si spera che sia questione di poco tempo.

Una mattina dice che vorrebbe far venire Emma, tenerla un po' con noi: "Almeno qualche giorno".

No, penso immediatamente.

È il momento in cui i bambini sono considerati super diffusori. In più Charlotte, come noi, fa ancora certa spesa nei negozi del suo quartiere rimasti aperti. Dice che prova a mettere la mascherina a Emma, ma non ci sono ancora quelle per bambini e finisce che le scivola da tutte le parti, quindi tanto vale.

"Non mi fido, Arno."

"È rimasta sempre a casa, non vedono nessuno."

"Charlotte è andata al teatro."

Per chiuderlo, stabilire cosa fare con impiegati e contratti.

"E poi va in giro."

"Non è vero."

"Per la spesa. Come noi. Non mi sento sicura. Potremmo addirittura attaccarlo noi a Emma."

Il silenzio, pesante.

"Scusami, ma non mi fido."

Arno chiama Charlotte e dice che non è possibile. Non so come continuino, se lei capisca o se stiano discutendo. Mi allontano, prendo un libro, non riesco a leggere: quello che ho detto è incontestabile, però conosco le mie ragioni. Le ragioni sotterranee: il rifiuto, il sollievo pensando che non vedrò Emma fino a quando durerà questa situazione. Settimane, mesi forse.

Mi chiedo come si senta lui a questa prospettiva, ma non cerco alternative se non dirgli, a un certo punto, di tornare a casa sua oppure trasferirsi da Charlotte per stare con Emma. "No," dirà, "non ha senso."

Seduta sul divano con il libro aperto sulle gambe guardo fuori dalla finestra: il vento scuote i rami degli alberi contro il cielo azzurro e deserto.

15.

La questione dei soldi viene fuori davvero adesso. Da quando Arno abita da me facciamo cassa comune: il cibo, le spese. L'affitto continuo a pagarlo da sola, perché lui ha ancora il suo: il contratto gli scade a fine anno ed è impossibile trovare qualcuno che subentri.

Dobbiamo stare attenti, perché con il lockdown tanti progetti sono saltati e le entrate si sono ridotte drasticamente, soprattutto per me. Arno mi dice di stare tranquilla, che c'è lui. Ma ha dei ritardi nei pagamenti, il suo capo chiede pazienza mentre sollecita i clienti. E deve pensare a Emma, contribuire alle spese di casa di Charlotte perché anche lei è in stallo. Mi innervosisco, stilo liste e ripeto conti e previsioni. Quando mi convinco che posso permettermi qualche mese senza lavorare e che magari usciremo presto da questa situazione, scherzo con Arno: "Non ho mai mangiato così tanti piselli in scatola". Lui ingrassa, io corro. Alla fine Arno avrà preso cinque chili, io ne avrò persi due.

Un giorno Charlotte lo chiama, parlano a lungo. Chiudendo la conversazione, mi comunica che Charlotte ha comprato dei vestiti a Emma e gli ha chiesto di dividere le spese. È strano che me lo dica, non parliamo mai nel dettaglio dei costi per sua figlia. Finché mi dice di quanti soldi si tratta.

"E le ha preso un cane."

"Spero non quello giapponese che voleva," dico come battuta.

"Un Akita, sì."
"Scherzi?"
"Un'occasione, mi ha detto. A metà del costo che avrebbe normalmente. Penso che l'allevatore volesse..."
"Ma è pazza?"
Arno si ferma.
"Non è una cattiva idea. Emma è traumatizzata da quello che sta succedendo, ha di nuovo gli incubi. Charlotte ha pensato che un cane..."
"Un Akita, Arno."
"Lo so. Ma lo voleva da tanto. Siamo d'accordo con lei che non le regaleremo niente ai prossimi compleanni."
"Oh, *siete d'accordo con lei*? Avete negoziato a lungo per farle sacrificare due compleanni, a cui sappiamo bene che non rinuncerà mai, in cambio di un cane da... mille dollari, giusto?"
Arno non raccoglie: "Siamo tutti e due convinti che un cane possa aiutarla a superare questo momento. Chiusa in casa senza contatti con l'esterno".
"Come tutti."
"Sì, ma è una bambina, Livia."
"Come molti altri. Che dubito si siano fatti regalare un Akita."
"Gli altri francamente non mi interessano. Io penso a mia figlia, che sta male. La conosci, Emma è molto sensibile e..."
"Emma *sensibile*?"
"C'è qualcosa che non va?"
Le sue solite domande: "Stai bene?", "C'è qualcosa che non va?", quando cosa non va è evidente e avrebbe bisogno di una sua risposta ferma. Dovrei dire: *No, va tutto bene sono stanca*, come faccio spesso per evitare discussioni. Ma stasera non sono stanca: sono stufa.
"Io sto bene, e tu?"
Arno sta zitto, poi riprende: "È un momento delicato per lei. È stata letteralmente strappata dalla vita che aveva appena cominciato. I nuovi amici, la nuova scuola... Un cambiamento enorme per una bambina della sua età".
"E quindi bisogna comprarle un cane di razza."

"Charlotte dice che Emma ne è entusiasta."

"Ti credo che ne è entusiasta! Il fatto è che i soldi sono pochi, visto che il tuo corso è saltato e a me hanno cancellato quasi tutto. E quella cifra per dei vestiti... Emma sta a casa, di cosa ha bisogno se non di una tuta? E in più le stiamo pagando il cane?"

"I soldi sono miei."

"No, i soldi sono nostri anche se li prendi dalle tue tasche. Perché il cane di razza per tua figlia che è *traumatizzata* significa che tu hai meno disponibilità per noi due. E non parlo nemmeno di regali, ma di spese normali: luce, internet, carta igienica. Capisci? Anche perché l'affitto qui continuo a pagarlo io, come ben sai."

Mi vergogno subito: come mi sono ridotta. Poi la rabbia: come *mi avete* ridotta.

"Posso cominciare a darti qualcosa."

"E poi come fai per lo shopping di Emma?"

Arno mi guarda con occhi che non gli ho mai visto.

"Sono venuto meno alle spese, finora?"

"No. Però non voglio trovarmi nella situazione in cui per stare dietro alle cazzate di tua figlia..."

"Le *cazzate* di mia figlia?"

"Be', spero che tu te ne renda almeno conto."

"Di cosa mi devo rendere conto esattamente?"

"Che tua figlia non smetterà di chiedervi cose finché gliele darete tutte."

"A mia figlia io do quello che voglio. E so giudicare perfettamente cosa le serve."

"Per carità, a questo punto non oserei mai mettere in dubbio le sue *esigenze*..."

"Cosa ne sai tu delle sue esigenze?"

"Quello che basta: deve mangiare, bere, avere un tetto sulla testa. A occhio, una felpa per ogni colore dell'arcobaleno e un Akita..."

"Mi spieghi cos'è, esattamente, che non sopporti?"

"Non sopporto di essere ostaggio di una bambina di dieci anni."

Rimane zitto, poi, calmo, dice: "Quindi il problema è mio. Il problema è mia figlia".

Non ho il tempo di rispondere.

"Emma c'è, che ti piaccia o meno. E se prendi me, prendi lei. Chiaro?"

Mi spiazza.

"Io non ho nessuna intenzione di farmi invadere da..."

"Da noi?"

Respiro, rifletto.

"Possibile che tu non capisca cosa voglio dire?"

"No, non capisco. Proprio non capisco che cosa ti ha fatto Emma, e che cosa ti ho fatto io. Se questa situazione è diventata intollerabile per te, dillo."

Lo guardo senza forze. Il silenzio improvviso raddoppia il potere delle parole che ci stiamo urlando contro.

La tentazione di rispondere Sì, è diventata intollerabile.

La violenza capillare, viva. Una violenza che si alimenta delle incomprensioni, dei silenzi accumulati, dei rinvii, dei compromessi forzati, di ciò che abbiamo inghiottito sperando che si digerisse da sé. Del senso di una giustizia individuale calpestata dall'altro.

Da litigi del genere si esce diversi, per forza. Rotti, oppure rinnovati. Ci vorranno giorni per capire come ne siamo usciti noi.

Nel frattempo non ne parliamo. Parliamo a malapena, in realtà, e il confinamento, invece di accelerare i tempi del ritrovarsi, li piomba nello spazio costretto di casa mia.

Cominciamo a lavorare in due stanze separate: per comodità, dice non so più chi dei due.

Ne parlo con Evelyn, che chiamo le rare volte in cui metto il naso fuori. Altrimenti ci scriviamo: i suoi *Stamattina ho fatto una passeggiata in riva al mare ed era bellissimo*, *Abbiamo preso le biciclette fino a Greenport*, contro il mio *Le pompe funebri hanno messo i frigoriferi nella strada dove corro. Vieni qui*, risponde, *molla tutto e vieni: c'è una stanza in più.*

Sento anche Corrado: mi chiede se sono rimasta a New York. Lui è tornato a Parigi, sebbene là la situazione non sia migliore. Mi racconta delle strade deserte, della bellezza dolorosa della città guardata dal balcone, della primavera magnifica che pare esplosa come una rimostranza: *Fa sentire ancora più soli.*

Arno chiama Emma tutti i giorni: al telefono, in video. Lei gli mostra il cane, lo sento chiederle di star ferma un momento invece di giocare con Coco. Parla spesso anche con Charlotte, che dopo qualche settimana annuncia che torneranno a San Francisco. New York è diventata l'epicentro del virus e la scuola di Emma ha avviato la didattica a distanza: con il fuso orario è difficile. "Sono solo tre ore," sento dire ad Arno. Non so cosa gli risponda lei, immagino che comunque la decisione sia presa, visto che alla fine della conversazione Arno getta il cellulare sul divano. Vado verso di lui, gli metto una mano sul collo.

Attraversare lo spazio è come passare dentro una sostanza solida che spinge contro il corpo, ma non mi fermo, non stacco la mano dalla sua pelle neppure quando lui non mi tocca. Mi riferisce solo ciò che si sono detti.

"Emma?"

"Emma vuole andare."

"Allora, forse, è giusto così?"

Gli chiedo di sedersi con me, alla sua resistenza lo tiro per la mano, lo forzo a piegarsi, cedere. Dico: "Scusami, ho sbagliato". Dico: "Tieni duro, passerà". E Arno mi sorprende: "Livia, io capisco la tua fatica".

Si stacca appena da me, la mia mano rimane sul divano.

"Non credere che non veda, ho ben presenti gli sforzi che fai dall'inizio."

Mi metto la mano in grembo, per non lasciarla abbandonata tra noi due.

"Ti conosco," continua lui, "so come sei, e ti capisco anche. Però Emma c'è."

"No, aspetta."

"Lasciami parlare, per favore. Capisco. Capisco quello che dici. Però dobbiamo trovare un modo per starci, in questa situazione. Starci tutti."

Mi guarda, poi posa gli occhi sulla pianta, come a sondare il seguito.

"E per i soldi, non priverei mai te..."

"Noi."

Me, mi mantengo da sola, penso.

"*Noi*. Non siamo in una situazione in cui o do a lei o do a noi. Quel che faccio per mia figlia è necessario. Serve a mostrarle che ci sono. Anche se a volte è tremenda, ed è tremenda pure per me, non credere. Charlotte le permette cose che sarebbero diverse se Emma vivesse a casa mia. Però non è così. La vedo poco rispetto a quanto potrei perché tu non la vorresti intorno tutto il tempo. E io capisco, ti capisco Livia, e ne tengo conto. E capisco anche il momento, però è giusto che tu sappia che potrei stare con Emma molto di più, potrebbe addirittura passare tutte le vacanze a New York, se io lo proponessi. Ma ho deciso di no perché voglio vivere con te e so che per te non sarebbe sostenibile."

No, penso. Non ti prendi Emma tutte le vacanze perché conviene a te come a me.

Cosa succederebbe se glielo dicessi? Se gli dicessi che non è vero che asseconda la mia natura, il mio rifiuto ad abbandonarmi: non è il buon samaritano che per amore nei miei confronti sacrifica il tempo con sua figlia. Nessuno lo farebbe, Arno. Nessuno mette nessun altro davanti alle sue priorità. È anche per questo che possiamo stare insieme: la tua priorità non è Emma, non lo è mai stata; la tua priorità è il bisogno di provare a essere felice. Come tutti. Allora non usarmi per coprire te stesso, amore mio.

Cosa succederebbe se glielo dicessi.

Cosa succederebbe se avessi torto.

Guardo fuori: è buio. Silenzioso. Un silenzio che di giorno è sinistro – la metropolitana ferma, le voci sprangate nelle case, dietro i muri, lontane – e adesso ci isola da tutto.

16.

Ad aprile il lavoro di Arno aumenta e lui ricomincia a essere pagato. Con il passaggio online, le aziende hanno bisogno di rafforzare i sistemi di protezione della rete, irrobustire i software e creare nuovi programmi per impedire infiltrazioni. Le chiamate e le teleconferenze sono interrotte sempre più spesso da intrusioni e messaggi che si intensificano e inaspriscono: omofobi, sessisti, islamofobi, negazionisti, complottisti. Arno mi racconta dello zoombombing addirittura durante le lezioni scolastiche: "Da qui non si torna indietro".

Riprendo lentamente a lavorare anche io e torniamo a occupare la stessa stanza, preparare a turno il caffè di metà mattina, fare sesso intorno a riunioni e scadenze. Troviamo un ritmo, costruiamo una routine rassicurante, a tratti divertente. Se non fosse che è lontano da sua figlia, mi dice una mattina, questa vita gli piacerebbe.

Durerà mesi, ne emergeremo soltanto nel nuovo anno: riaprire gli occhi alla fine della notte, riprendere a camminare dopo un incidente. Torneremo nel mondo con un senso di sorpresa. Troveremo una città impoverita, violenta, in alcune zone fantasma.

Arno andrà a trovare Emma con il primo volo disponibile.

Non sappiamo ancora che passeranno altri due anni prima che la riveda io.

Quando Emma compie undici anni, Arno torna in California. Stiamo riemergendo dalla pandemia, le scuole hanno riaperto, gli uffici anche ma rimangono semivuoti: si comincia a uscire di nuovo, si contano i danni. Io sono in Italia, dove con mio padre supervisiono la ripartenza dei lavori, interrotti per tutto questo tempo. Gli operai prevedono di finire entro l'estate, lo dico ad Arno. "Ci portiamo Emma," risponde. Che è lì con lui, mi fa ciao ciao rapida prima di sparire appresso al cane. Per il compleanno ha ricevuto un iPad, dal quale sembra impossibile staccarla.

"È alta," dico ad Arno.

"Ormai è una ragazzina."

Il programma è vederla ai primi di luglio quando, finita la scuola, andrà a New York con Charlotte. Da lì, con Arno, verrà in Italia per la prima volta.

"È contenta?"

"Sembra di sì, ma con lei non si capisce. Tanto, da adesso a quest'estate se lo sarà dimenticato."

Emma ha già viaggiato fuori dagli Stati Uniti, ha cominciato molto presto: Messico, Inghilterra, Spagna, Canada.

"E Charlotte?"

"Sta bene. Ha conosciuto uno."

"Uno chi?"

"Un produttore di Hollywood."

Caspita, penso. Lo racconterò a Evelyn, ne rideremo insieme: ma dove li trova? Il primo era il proprietario di uno dei ristoranti più cari di New York, il secondo di una catena di hotel a cinque stelle e quest'altro sta nel mondo del cinema – e non quello indipendente. "Ma è così figa?" mi chiederà Evelyn.

Non so come si senta Arno. Quanto misuri il valore di un altro uomo in base alla posizione, al denaro. Soprattutto se si tratta di quello della sua ex moglie. O piuttosto, se si tratta dell'uomo che vivrà, come potrebbe accadere, con sua figlia al posto suo.

Quando gli chiedo come ha preso la notizia, risponde che è contento per Charlotte.

"È contenta anche Emma?"

"Vanno d'accordo, si trova bene con lui."

Sto per chiedere come si trova *lui* con lei, ma quel "vanno d'accordo" è sufficiente. O forse Arno in fondo davvero non sa come sono insieme. Aspetta che vada a vivere con Emma, e allora altro che "vanno d'accordo". Arno è con ogni probabilità quello che ne sa meno. D'altronde, neppure a guardare me si direbbe come stanno le cose. Oppure sì?

Torniamo a New York lo stesso giorno e riprendiamo a lavorare. Il corso di formazione online procede bene: Arno riceve molte proposte, presto arriva quella di estendere il progetto a Francia, Germania e Italia, un accordo con l'Unione Europea che coglie al volo. L'idea è ridistribuire il nostro tempo tra qui e l'Italia: stare di più con i miei, iniziare a sfruttare la casa di Abazia. Soprattutto se Emma rimarrà in California.

In primavera Arno viaggia spesso, potrei andare con lui ormai. Durante il confinamento ci siamo abituati senza ufficio e la gente ci torna malvolentieri. Mi farà impressione, più avanti, vedere i grattacieli di Midtown semivuoti.

Anche io prendo un buon ritmo. Riesco finalmente a lavorare su testi narrativi: le riviste online si sono moltiplicate e cercano contenuti, gli editori puntano di più sul digitale.

La casa di Abazia è pronta a maggio, bisogna arredarla: trasferire alcuni mobili dall'appartamento dei miei, comprare il resto. Ci andremo a giugno: prepararla per l'arrivo di Emma, che ha visto le fotografie che ho mandato ad Arno.

"Ma dov'è," ha chiesto.

Fissiamo le date, prenotiamo i voli.

Una settimana prima della partenza ricevo una chiamata: i miei genitori sono all'ospedale. Erano in autostrada, sono stati investiti da un furgoncino. Mi telefona mia madre: lei si è rotta una gamba e incrinata due vertebre, mio padre deve essere operato al bacino.

Parto subito.

Sono ricoverati nello stesso ospedale, trovo un albergo, vedo mia madre. Mio padre è in terapia intensiva, il chirurgo dice che è una frattura lieve, non dovrebbero esserci complicazioni, ma la ripresa sarà lenta: alla loro età ci vuole più tempo, molta pazienza.

"Può fermarsi?"

Mi colpisce questa domanda: la sua umanità, chiedere se i miei avranno le cure di cui hanno bisogno.

"Certo."

Vado in ospedale ogni giorno finché mia madre viene dimessa e la porto a casa. Decidiamo che io verrò a trovare mio padre tre volte la settimana: dovrà aspettare sei mesi prima di camminare, un anno prima di tornare alla normalità.

Mia madre e io troviamo presto abitudini nuove: il caffè la mattina, la televisione prima di andare a dormire, i pasti che preparo io fino a quando ha il gesso, la fretta di cucinare lei appena può – sentirsi ancora madre, far sentire me figlia. La aiuto a lavarsi, cambiarsi. Le dà fastidio, si sente vecchia. Noto che continua ad annusarsi, le chiedo perché. "L'odore dei vecchi," risponde. "Non ce l'hai," le dico. Un tic che le viene ora, anche se si frena davanti a me. Troverò ironico che lo faccia adesso che ha ancora l'odore della sua pelle e non quando quell'altro odore ce l'avrà davvero. O forse a quel punto non lo sentirà più.

Appena toglie il gesso prendiamo l'abitudine di andare in centro per il tè al Caffè Nazionale. Le piace uscire a quell'ora: "Andiamo a vedere la gente," dice, e poi li trova tutti brutti. Spettegola, commenta. Una novità per me, che non l'ho mai conosciuta frivola. Mi piace, ridiamo molto. Usciamo per un aperitivo, ci facciamo una foto e la mandiamo a mio padre: dall'ospedale risponde che senza di lui ci diamo alla bella vita. *Ti aspettiamo*, scrivo sempre. "Aggiungi che non c'è fretta," sorride mia madre, e un giorno le dico che è crudele. "Quando torna lui, andrai via tu," risponde. Rimango ancora un po', mamma, stiamo un poco insieme.

La sera parlo ad Arno anche di questo, come il senso di colpa per essere andata via aumenti negli anni invece di ridursi, perché la direzione è una e il tempo va in avanti, nonostante tutte le fanfe che ci raccontiamo. Non è circolare, non è una

dimensione mentale. Il tempo invecchia i miei genitori, li indebolisce, li trasforma e trasforma i ruoli che abbiamo conosciuto sinora: toccherà a me accudirli, a loro diventare fragili.
"Abazia serve anche a questo, no?" chiede.
"Sì," rispondo.

I miei non subiranno strascichi pesanti, ma mio padre maturerà una diffidenza nuova a guidare fuori città. Inizieranno a viaggiare meno. "Andate ad Abazia," insisterò io. "Quando vieni?" chiederà spesso mia madre che, tra i due, per un paradosso che capirò solo più avanti, è quella che ne è uscita peggio. "Ho immaginato papà morire," mi spiegherà.

Torno in Italia per stare con loro e i programmi che avevamo Arno e io per l'estate saltano. Emma torna a San Francisco prima del mio rientro a New York e a Natale io sarò in Italia.

A mano a mano che i miei genitori recuperano, compro mobili per la casa. I cugini mi regalano una cassettiera che spacciano come un avanzo di cantina e invece è magnifica, Evelyn fa arrivare una lampada liberty scovata chissà dove. Sarà l'unico pezzo decorativo per un bel po': al momento mi posso permettere solo il minimo indispensabile. Batto i capannoni, i negozi di seconda mano. Do fondo ai risparmi perché mi sento al riparo: le collaborazioni entrano costanti. Salvo l'organizzazione degli orari per qualche riunione, dall'Italia lavoro come se fossi a New York.

Arno si offre di partecipare alle spese, ma uso solo i miei soldi. Mi scopro sollevata a declinare, libera.

Viene a trovarmi appena possibile, si ferma qualche giorno, dà una mano, riparte. Vede la casa poco alla volta fino a quando è pronta e, invece di dormire dai miei, ci fermiamo.

Gli piace, soprattutto la cucina: il tavolo di legno con il ripiano in marmo, la credenza blu, la vecchia macchina da cucire in un angolo. Chiusa in garage per anni, l'ho fatta rimettere a nuovo e sistemare al piano di sopra. Oggetti che costruiscono la memoria di tutti, anche di chi nel passato di quegli oggetti non c'era.

I piatti me li ha dati una vicina, ex maestra del paese e amica dei miei: "Ti ho conosciuta che eri piccola così". Vecchie porcellane con il bordo dipinto a mano. I bicchieri sono tutti spaiati, pescati nei bauli dei mercati. Ho trovato anche una radio che la mattina accendo per le notizie. Ho fatto rivestire il bagno di piastrelle nuove, per il resto ho tenuto tutto com'era: Arno ne avrebbe approfittato per rifare, "rinnovare," diceva, ma io non volevo rinnovare, io volevo conservare quanto più possibile. Ai miei fa effetto: "Ci sei venuta davvero".

Vorrei ripiantare l'orto, ma dovrei pagare qualcuno per tenerlo quando non ci siamo.

"Potremmo trasferirci," risponde Arno.

È il primo a proporlo, quasi uno scherzo.

"A Emma piacerebbe," aggiunge.

"Non credo."

"Be', vedremo, no? Intanto dobbiamo pensare a quando farla venire."

"Più tardi possibile?"

Rido, come spesso faccio quando non riesco a controllarmi e fingo che siano battute. Però Arno mi conosce.

"Emma potrà venirci, immagino."

"Vediamo."

"Vediamo?"

Non ce la voglio. È casa *mia*, della *mia* famiglia.

Ma non posso dirglielo così.

"Dipende, Arno."

"Da cosa?"

"Se ne avrà voglia o no."

Mi guarda, sa che non intendevo questo.

"Ci vuoi venire da sola?"

"No, ci voglio venire con te, lo sai."

"Sei sicura?"

"Perché me lo chiedi?"

“Hai voluto pagare tutto tu, non vuoi Emma. Tra poco non vorrai più neppure me?”

Lo dice senza durezza, come si trovasse per la prima volta di fronte a un’eventualità inattesa e possibile.

“Io voglio stare con te, Arno.”

Mi guarda silenzioso, poi prende le valigie e le carica in macchina.

17.

L'estate successiva Emma non viene. Farà un campo scuola di sei settimane con le sue amiche, poi vuole rimanere a San Francisco. "E io quando ti vedo?" chiede Arno. Lei rimane vaga, dice di parlare con la mamma, risponde distratta al mio saluto quando passo vicino al computer e chiedo come va. È cresciuta ancora dall'ultima volta che l'ho vista, ma ha conservato i lineamenti di quando era bambina. Cambierà il prossimo anno, quando il naso le esploderà in faccia, come dirà lei, e le spunteranno culo, cosce e seno. Quel che ha già acquisito è la sufficienza degli adolescenti, che ti fanno un favore a darti retta e appena ti volti alzano gli occhi al cielo. Lo farà con me, con Arno, immagino anche con sua madre. Quella che Arno definirà "la metamorfosi" deve ancora avvenire: al momento è in preparazione, un magma sotterraneo invisibile a tutti.

La rivedo l'estate dopo. Tra i suoi spostamenti e i miei, sono due anni che non ci incrociamo.

Charlotte l'ha accompagnata a New York, dove lei lavorerà a una produzione per un mese. Emma, Arno e io partiamo per l'Italia la sera stessa: una settimana in Toscana, una in giro per le città d'arte. Nel Monferrato, forse, alla fine. Quando Arno gliel'ha proposto, Emma ha acconsentito alle vacanze insieme, "purché non in quel buco di culo". Ero nella stessa stanza, ho sentito. "Emma! Livia è qui," ha detto Arno, e lei ha lanciato un "Ciao Livia" perfettamente disinvolto. Quindi no, ho deciso, ad Abazia non ci viene. Ad Arno ho detto "Non ci andiamo", non "Lei non ci viene": non volevo discussioni. Ma lui aveva altro a cui pensare: Charlotte gli aveva appena detto che Emma era stata beccata a fumare marijuana nel bagno della scuola. Ha finito l'anno scolastico con voti tremendi, rischiato la bocciatura. "Un viaggio con te le farà bene," ho provato a rassicurarlo. "Se fosse rimasta a New York non sarebbe successo," continua a dire. Io credo che se fosse rimasta a New York non sarebbe cambiato nulla, ma chi lo sa.

La mattina della partenza Charlotte le dà un passaggio fino a casa mia. Non si ferma: sta andando in aeroporto a prendere Hector, il fidanzato.

Quando chiama, Arno scende.

Dalla finestra la vedo uscire dall'auto, salutarlo: si è fatta crescere i capelli, che ha lasciato diventare grigi. La pandemia, deduco. Vedo Arno tirare fuori dal bagagliaio una valigia gigantesca, affacciarsi all'interno dell'auto, dalla quale Emma non è ancora scesa. La portiera si apre poco dopo, mi stacco dalla finestra e vado al citofono.

Sulle scale sento Arno fare domande affannato dal bagaglio, lei rispondere: la sua voce è cambiata, l'accento. Arriva prima lui, che mi sorride strizzandomi l'occhio. Io, aspettando che spunti, mi scopro nervosa. Non la vedo da tanto, stiamo per passare due settimane insieme.

"Ciao."

È di fronte a me, le do un bacio. Quasi timida, Emma porge la guancia, si ritira subito. Ha i capelli neri, il mullet cortissimo davanti e le ciocche lunghe dietro tinte di rosa, due strisce di brillantini sulle palpebre, una maglietta da baseball tagliata sopra l'ombelico, pantaloni cargo da uomo tenuti su da una cintura con le borchie, scarpe da ginnastica senza lacci, reggiseno imbottito, il pizzo delle mutande che spunta in vita. Si è fatta un anello al setto. Andato il nasino da bimba che aveva fino all'anno scorso, compiuti i tredici anni le è venuto il naso tozzo di Charlotte. In mezzo agli occhi rotondi e alle labbra piene quel naso perturba tutta la faccia che, al primo passo falso, rischia il volgare. Forse Emma lo sa, per questo non la vedrò mai troppo truccata. O forse è per via della sua identità, che domani a cena definirà fluida. *Non avete inventato niente*, vorrei dirle, ma sto zitta, non la provoco. Ancora troppo presto, manchiamo della familiarità che tutto questo tempo lontane ha annullato. Basteranno pochi giorni, però: ci rifaremo.

Masticando un chewing gum a bocca aperta si sbraca sul divano con il telefono in mano, mentre Arno e io finiamo di preparare le valigie. "Vuoi qualcosa da bere?" chiedo. Lei fa no con la testa senza guardarmi. Mi chiedo se si sia portata la marijuana in valigia o se, per precauzione, l'abbia infilata nel reggiseno.

A Firenze Arno ha prenotato un albergo in centro. Una tripla, visto il prezzo. Emma non è contenta, e presto nemmeno noi, ma non abbiamo scelta. Su questo Arno si impunta quando per una volta vorrei che cedesse. Ma la posizione costa: muoversi a piedi, affacciarsi sul fiume la mattina. "Sai che si chiama come me?" le dice allegro. "Sfiga," risponde lei. Poi si guarda intorno disgustata: "Io dovrei dormire sul divano letto?".

"Vedi alternative?"

"Ci dormite voi."

Rido prima di potermi controllare. Come quando Emma da piccola cadeva, scoppiava nei suoi pianti disperati abbracciata ad Arno e io, da dietro, la guardavo calma e sorridevo.

Sbuffa: "Papà...".

Un attimo. Un brevissimo momento in cui torna bambina. L'oscillare fra due età, che in questa vacanza vedrò accadere spesso. Emma che batte il piede a terra ed Emma che si orienta in città con il telefono.

"La storia delle canne, poi?" chiederò ad Arno.

"È successo solo una volta. Mi ha garantito che non lo fa mai."

E tu le credi.

Non lo dirò, ho imparato da anni che certi pensieri devo

tenerli per me. Anni che provo a essere un'alleata invece di un'avversaria.

"Dai, doccia veloce e poi usciamo," si anima Arno.

È ora di cena, vogliamo fare una passeggiata e cercare un buon ristorante.

"Sono stanca."

"Devi mangiare."

"Servizio in camera, papà."

Ride guardando un video sull'iPad, Arno mi chiede se voglio andare in bagno per prima. Credo che le parli, perché quando esco Emma è di malumore.

Va a farsi la doccia lui: "Mi sbrigo", e noi due rimaniamo sole.

Appena mi siedo si raggomitola su un angolo del divano, le gambe tirate su, un braccio appoggiato al ginocchio. Sembra uno scudo contro di me. Mi passa davanti agli occhi il lampo delle chiamate a Charlotte, anni fa.

"Allora, ti piace la California?" le chiedo.

"Ci abito da un sacco."

"Lo so, ma tu e io è un pezzo che non ci vediamo."

Emma non mi guarda.

"Hai più sentito Helena?"

"Chi?"

Mastica a bocca aperta un grumo di due o tre gomme a giudicare dal bolo rosa tra i denti che poco dopo sputa nel cestino per sostituirlo con uno nuovo. Fragola.

"La tua migliore amica delle elementari."

La bocca ciancica, le dita scorrono immagini.

"Eravate molto amiche."

"Ah, *Helèna*!" finalmente mi guarda. "Non riuscivo a capire di chi stessi parlando."

"Helèna. Scusa se ho sbagliato la pronuncia."

"Nessun problema," risponde lei tornando a guardare l'iPad.

Respiro.

"Avrai un sacco di nuovi amici, ormai."

"Una marea."

Perché mi ostino a parlarle? Forse per Arno. O per lei, per noi. Per i giorni insieme che ci aspettano. Ma che Emma non ha voglia di fare conversazione è evidente, quindi invece di star qui a farmi prendere per il culo potrei disfare la valigia, guardare fuori, mettermi le dita nel naso: Emma non deve nemmeno sforzarsi per non vedermi. In aereo si è piazzata vicino al finestrino e si è incollata all'iPad per otto ore senza rivolgermi una parola né prima né dopo. Il poco che ha detto è stato qualche monosillabo per farmi alzare quando aveva bisogno del bagno. Ha fatto più conversazione con l'hostess che con noi. Sorridendo, chiedendo per favore. E l'hostess le ha servito succo d'arancia e patatine extra per tutto il volo. Se fosse stata sola, sarebbe riuscita a farsi portare anche uno shot di vodka.

"*Amiiica!*"

Emma grida all'improvviso sull'iPad, facendomi fare un salto sulla sedia.

La voce di una ragazzina: "*Amiiica!* Dove cazzo sei?".

Emma fa una panoramica della stanza, includendo anche me.

"Troppo chic!"

"*Una tripla*, Mel."

"Scherzi? Oddio!"

"Cioè, dormo sul *divano letto*, ti rendi conto?"

La sua amica fa un verso, Emma alza gli occhi al soffitto: "Definiamo *privacy*, cazzo".

Tutto come se io non fossi lì.

Arno esce dal bagno, guarda me, guarda Emma.

"Devo andare, ti richiamo."

"Chi era?"

"Melanie."

Arno si china a darmi un bacio: "Si va?".

Salto in piedi, Emma si fa pregare, io sono già in corridoio.

Per strada cammina dietro di noi, Arno la chiama quando la perde di vista. Emma non avverte quando si ferma, generalmente davanti a vetrine oppure per fare foto che carica subito sul suo profilo.

"Non puoi aspettare?" chiede Arno.

Lei non risponde, ci supera, guarda altrove quando le parliamo. Soprattutto quando le parlo io.

Scegliamo un ristorante dietro la Cappella Brancacci, un locale che dal menu sembra meno turistico degli altri. Ci sediamo a un tavolino fuori, Emma chiede una Coca-Cola e poi, con un colpo che ci fa sussultare, richiude il menu: "Qui non va bene".

"Perché?"

"È tutta carne."

"Quindi?"

"Sono vegetariana."

"E da quando?"

Emma guarda suo padre come a dire *Pronto, c'è qualcuno?*

"Questa mi mancava," dice Arno scorrendo la lista. "Comunque sono sicuro che qualcosa che puoi mangiare c'è."

"Tagliatelle al pomodoro, ravioli alla borragine, maccheroni al pesto di rucola," leggo.

"È tutta pasta."

"Non va bene?"

"Sono allergica al glutine."

Arno posa la lista, irritato.

"Ho appena fatto gli esami," dice lei. "Mamma non te l'ha detto?"

"In aereo hai mangiato normalmente."

"No," risponde Emma, "in aereo ho chiesto un pasto speciale, nel caso in cui non te ne fossi accorto."

"L'abbiamo chiesto tutti."

Arno e io per evitare il solito pollo affogato nella besciamella. Che il suo fosse quello senza glutine ci è sfuggito.

"Prendi delle verdure," le dico, "le fanno alla griglia. Oppure un'insalata."

"Non ho voglia di un'insalata. Ho fame."

Mi rivolge uno sguardo nuovo, che finora era stata troppo piccola per avere.

“Chiedila abbondante.”

Fermati, penso.

“Hanno la burrata,” aggiusto il tono. “Quella è sostanziosa ed è una delizia.”

“Lo so,” risponde Emma riaprendo il menu controvoglia, “a casa la mangiamo tipo *ogni giorno.*”

Il cameriere arriva a prendere gli ordini, alla fine Emma sceglie l’unico piatto vegetariano che non le ho suggerito. Poi ordina un dolce. Ma avrà ancora fame, per strada vorrà un frullato che fotograferà con il cellulare e dimenticherà mezzo bevuto su una panchina.

18.

L'indomani ci svegliamo presto. Arno ha prenotato una visita agli Uffizi e quando arriviamo c'è coda. Emma sta bevendo un caffè da asporto dietro di noi mentre parla con Melanie. Quando è il nostro turno, l'usciere le dice che non si può entrare con bibite e cibo.

"Huh?"

L'usciere traduce in inglese, lei lo guarda aggrottando le sopracciglia: "*No capìsh*".

L'uomo ripete, meno deciso, lei continua a fingere di non capire. Sino a quando Arno interviene: "Smettila, Emma".

Io resto ferma, aspetto che lei butti il bicchiere ed entri con Arno. Frugando nella borsa, lascio passare un'altra persona, poi vado anche io.

Iniziamo la visita, ma Arno è distratto: cerca Emma, che rimane indietro o salta le sale. Prova a interessarla a un quadro, un artista. Di fronte alla Venere di Botticelli dice: "Questa ce l'avevi in camera da piccola". Emma sbuffa, mastica, scorre il cellulare. Dopo un po' vuole uscire.

"Non siamo neppure a metà," dice Arno.

"Sì, ma io mi sono rotta."

"Ancora un minuto."

Mi viene in mente la scena in libreria anni fa. Adesso come allora, Emma si allontana per tornare quasi subito: "Andiamo?".

"Me l'hai appena chiesto."
"Hai detto un minuto. Un minuto è passato."
"Era per dire, Emma," intervengo.
"Oh, *davvero*?"
"Tuo padre e io vogliamo vedere tutto."
"Io invece no. Vi aspetto fuori."
"Neanche per sogno," dice Arno.
"Ma mi rompo!"
La gente intorno si volta, una donna scuote la testa. Lei continua a parlare a voce alta, dice di avere male alla schiena. La schiena, penso, la schiena è nuova.
"Ti spiace?" mi chiede Arno.
"Sì."
"Rimani tu."
"No, vorrei che rimanessi anche tu. Ci tenevamo a venire insieme."
"Oddio..." esclama Emma alzando gli occhi al cielo.
"Hai qualche problema?" le chiedo.
"Io nessuno."
"Allora non ti intromettere, per cortesia."
Lei schizza a guardare Arno: "Papà, andiamo?".
"Livia..."
Basterebbe che cedessi.
"Lasciala," dico invece. "Sarà pur capace di star qua fuori un momento, no?"
"Non mi fido."
"Papà!"
Arno si avvicina, mi bacia: "Dai, vado che se no è capace di fracassarci le palle tutta la sera. Tu fai tranquilla, ti aspettiamo fuori".

Do un'occhiata a Emma, che, addossata alla parete, sta osservando qualcuno. È una ragazzina della sua età: bionda, sottile, le gambe lunghe spuntano da un paio di pantaloncini. Sembra un fenicottero. Emma la fissa di sbieco. Quando la ragazzina se ne accorge, lei guarda da un'altra parte, si abbassa la maglietta sulla pancia e curva le spalle. Poi mi vede e si gira di scatto.

"D'accordo," dico.

"Chiamami quando esci," risponde Arno sorridendo.

Subito mi metto fretta, poi rallento, mi fermo. Controllo sul telefono la collocazione dell'angelo musicante di Rosso Fiorentino, lo guardo con calma, e poi mi viene voglia di rivedere Giotto e Cimabue, anche se devo tornare indietro e mi perdo pure.

Esco dopo un'ora, come immaginavo non li trovo, telefono ad Arno: sono in un negozio di via de' Tornabuoni. Li raggiungo. Dalla vetrina vedo che Emma sta provando un giubbino di pelle. Entro e lei fa la sfilata per me. Mi mostra anche due canotte: "Carine, no?".

Non devo leggere il cartellino per sapere che costano. Immagino che Arno le farà scegliere un pezzo solo, invece compra tutto e, davanti al mio sconcerto, risponde: "Siamo in vacanza. Vuoi qualcosa anche tu?".

"No, grazie."

Mi allontano dalla cassa, ma sento lo stesso: quattrocentocinquanta euro. Emma scuote il sacchetto contenta, è la prima volta da quando siamo arrivati che sorride con noi.

Quattrocentocinquanta euro. Ripenso all'episodio durante il confinamento: il guardaroba da rifarle perché era rimasta bloccata a New York, il cane. Una tripla dove ci pestiamo i piedi e poi quattrocentocinquanta euro in un colpo solo per farla smettere di frignare. Avrei potuto dire *Sì, voglio un regalo anch'io*. Fargli spendere la stessa cifra per me, sorridergli innocente e dirgli *Grazie amore*. Ma io non voglio vendetta, e questa non è una guerra tra noi due. Non *deve* diventare una guerra con nessuno. Perché mi è stato chiaro da subito chi ne uscirebbe sconfitto.

"Andiamo in hotel, voglio cambiarmi."

"Siamo distanti, Emma," dice Arno, "facciamo un giro e dopo pranzo torniamo."

"No, adesso. Voglio mettermi la canotta. Ho caldo."

Indossa una maglietta con le maniche corte, ha le ascelle sudate.

Mi torna in mente il suo sguardo alla ragazzina: “Ti accompagno in un bar,” le propongo, “ti cambi lì”.

Emma mi fissa diffidente: “Mi devo lavare, prima”.

“Ho detto che ti cambi più tardi,” dice Arno.

Lei batte un piede a terra: “Faccio schifo!”. Lo grida con una violenza che sorprende Arno.

Do un’occhiata intorno: “C’è una farmacia lì, entriamo a prendere delle salviette e poi ti accompagno in un bar”.

“Vieni tu,” dice a suo padre.

“Emma, piantala.”

“Papà!”

Ma lui non risponde, gli suona il telefono: “Mio padre,” dice allontanandosi.

“Dai, Emma,” le dico, “ti accompagno io.”

“Voglio anche un deodorante.”

Ignoro il tono, ignoro quel verbo – *voglio* –, penso solo a levarmi prima possibile da questa situazione. Entro nella farmacia con lei, compro salviette e deodorante, cerco un bar.

“Ti aspetto fuori dalla porta?”

“No.”

Poi vede che il lucchetto è rotto.

“Rimango qui.”

Lei entra, non sento nulla finché non inizia a parlare al telefono, busso: “Emma?”.

“Cosa.”

“Hai quasi finito?”

“Vai pure,” dice. Resto un momento, voglio capire con chi sta parlando. Al primo schiamazzo mi stacco: Melanie.

Raggiungo Arno al tavolino dove si è seduto: “Cosa ti ha detto?”.

“È caduto.”

“Si è fatto male?”

“No. Voleva informazioni sull’assicurazione, il medico gli ha prescritto una radiografia per precauzione. Che vuoi fare adesso?”

“Non saprei. Tu?”

Guarda fuori, pensieroso.

"Giriamo un po'?" dico.
"Emma si fermerà dopo cento metri."
"E tu dille di muoversi."
"L'hai vista?"
"L'ho vista eccome, ma non possiamo stare appresso ai suoi capricci per tutta la vacanza."
Quindici giorni. E siamo solo al secondo.
"Vediamo cosa ha voglia di fare."
"Vediamo cosa abbiamo voglia di fare *noi*."
Arno sospira, già sfinito.
"Che c'è?" chiede Emma uscendo dal bagno.
"Ci sei?"
"Come sto?" mi dice.
"Bene."
"Con quello che è costata, ci manca solo che ti stia male," commenta Arno. "Dai, andiamo."
"Voglio un gelato."
Si china sul vetro del banco, con il dito indica i gusti.
"Potevi mangiare a colazione," dico.
Emma lecca il gelato: "Non avevo fame".
In un attimo è tornata lei. Quasi la preferivo prima: incerta, sofferente. Dovrei conservare quell'immagine in testa, invece mi ha già dato fastidio.
Mi chiedo come la stia educando Charlotte. *Se* la stia educando. O se non la lasci piuttosto a uno stato brado in cui "i bambini si educano da sé". Mi pare ci sia una scuola di pensiero: i bambini si autoregolano secondo le loro esigenze. O forse è di Charlotte? Una delle sue teorie. Ne ha una su tutto. Vaccini antinfluenzali, voli intercontinentali, origini del patriarcato, riciclo dell'immondizia a New York. Questa dell'autoregolazione credo in effetti sia sua. Sta di fatto che, a guardare Emma mangiare, non è cambiato niente da quando aveva cinque anni: gomito sul tavolo, testa puntellata alla mano, piede sotto il sedere. Mi chiedo se anche Charlotte ceda a tutte le sue richieste o se Emma approfitti di suo padre, che, sa benissimo, concederà qualsiasi cosa.
"Andiamo?"

Per strada Emma è impegnata a non far colare il gelato sulla canotta: si ferma in continuazione, si sporge in avanti quando gocciola. Fa molto caldo, presto le si scioglie per metà lungo il polso e lei lo getta a terra gridando. Arno è più avanti, guarda qualcosa sul telefono.

Mi fermo io, le do una salvietta e aspetto che butti il cono, ma lei si avvia.

"Emma."

"Cosa."

"Raccogli."

Lei sbuffa guardandosi intorno alla ricerca di un cestino, che è vicino a me. Lo indica. Io subito non capisco. Solo quando la vedo avviarsi a raggiungere suo padre realizzo. E grido: "Emma!".

Si voltano tutti, anche Arno.

Emma ha un soprassalto, guarda Arno, che le dice qualcosa. Torna verso di me, raccoglie veloce il cono e si allontana, tenendolo a distanza come fosse radioattivo. Muoio dalla voglia di dirle di pulire il marciapiede, leccarlo se necessario. Mi fermo.

Ancora mi fermo.

I giorni che seguono sono tutti così. L'unico momento in cui Emma pare divertirsi è quando chiama al telefono la sua amica Melanie, si fa comprare qualcosa da Arno, guarda video sull'iPad o posta foto su Instagram. Si fa un video dietro l'altro: indice e medio alzati, lingua fuori. L'ultimo giorno a Firenze programmiamo Palazzo Pitti, lei però vuole andare in un negozio che ieri era chiuso.

"Ho già speso abbastanza."

"È soltanto per dare un'occhiata."

Insiste finché non la spunta, "ma solo dopo la mostra". Attraverso la quale si trascina liquidando Tiziano e Raffaello con un "okay" e, se ci fermiamo, protesta: "Vi muovete?".

Quando nel museo telefona alla sua amica e le fa vedere dov'è, qualcuno mi fissa. Tocco un braccio di Arno, indico Emma. Lui la richiama, lei finge di chiudere e appena Arno si volta riprende a fare boccacce per la sua amica, che ride a crepapelle. Una coppia mi passa accanto, la donna dice all'uomo: "Non si vergogna?". Si riferisce a me e lo dice a voce abbastanza alta perché io senta. Per un pelo non le corro dietro, per un pelo non grido in mezzo alla sala che non ho nulla a che fare con quella ragazzina, per un pelo non me ne vado.

Potrei.

Mi dico, d'un tratto, che potrei. Uscire di qui, sedermi in un caffè a prendere un aperitivo per i fatti miei.

Lasciare Arno solo.

"A un certo punto ti devi fermare," mi ha detto Evelyn. Forse il punto è adesso, forse è qui che mi devo fermare. E perciò dire a quella donna che sì, mi vergogno. Mi vergogno di essere associata a Emma, che la gente pensi sia mia figlia. Mi vergogno per Arno.

Mi vergogno di non essere in grado di farlo: prendere e andarmene, respirare finalmente.

Lasciarlo.

Partiamo da Firenze la sera. Due giorni alle terme e, a seguire, San Gimignano, Siena, Volterra, Pisa. Da lì, Venezia, Roma, Napoli.

Ma a San Gimignano andiamo solo Arno e io, Emma coricata su un lettino alle terme. Ha chiesto ad Arno di disdire gli altri alberghi. Lui acconsente a patto che di giorno venga con noi a visitare le città, Emma promette e poi non si muove. Si sveglia a mezzogiorno, sta chiusa in camera fino al nostro ritorno, attaccata al telefono.

A me andrebbe bene se non fosse che Arno è di cattivo umore tutto il tempo. Tento di distrarlo, sollevata per essere senza di lei lo prendo sottobraccio: "Dai, godiamoci la giornata", ma lui è cupo, nervoso. La chiama in continuazione, prova a mostrarle dove siamo, convincerla a venire il giorno dopo. Io mi allontano, accelero: non la voglio vedere. Quando la sera facciamo programmi e Arno le chiede se c'è qualcosa che preferisce, Emma sbadiglia, accende l'iPad o si attacca al telefono.

L'indomani non si sveglia e, quando lui la chiama, risponde: “Non ho voglia”. Non ha mai voglia. Arno a volte si impunta, e lei lo sfida: “Non puoi obbligarmi”. Io mi forzo a non intervenire, guardo altrove, parlo solo con lui cercando altri argomenti di conversazione.

Al ritorno da Pisa gli chiedo se non sia meglio annullare il resto della vacanza.

“E fare cosa?”

“Tornare a New York.”

“Ormai è tardi. E poi ci tenevo a mostrarle qualcosa di diverso.”

“Non mi sembra molto interessata.”

Se non alle boutique e alle gelaterie. Va avanti a pistacchio e snack.

A Venezia è sempre stanca, camminare nelle calli la sfinisce, vuole prendere il taxi, andare in gondola. Quando parla della gondola, Arno è contento: una cosa che le interessa. Ma poi quel giorno pioviggina, lei ha freddo, in pieno luglio ha freddo, e non vuole più.

Roma sembra piacerle. Alla Fontana di Trevi si scatta decine di foto con la lingua fuori, pranza a gelato, salta da una parte all’altra entrando in ogni negozio di abbigliamento che incrociamo. Più andiamo avanti nelle giornate, più diventa elettrica. Suggerisco ad Arno di non farle mangiare tutti quegli zuccheri, di fissare orari per iPad e telefono: Emma li accende sotto le lenzuola in piena notte, ci passa ore, la mattina è un fantasma. Arno prova a parlarle, lei risponde con i soliti “Non ho voglia”, “Lasciami in pace”.

Decidiamo di lasciar stare Napoli. Perdiamo i soldi dell’albergo, cambiamo i biglietti, lui mi chiede se va bene passare gli ultimi tre giorni insieme a New York, a casa sua. Esito, dico che preferirei di no.

“Non credo che Emma abbia voglia di avermi intorno.”

“Ti sbagli. E poi Emma fa come decidiamo noi.”

Per fortuna ci pensa lei al rientro in hotel: “Voglio stare a casa mia”.

“È la nostra vacanza insieme, Emma,” risponde Arno.

“Mi vieni a trovare.”

"No, non ti vengo a trovare. Stai tu con noi."

Emma lo guarda appena, sta cercando il cavo dell'iPad. Buona fortuna, penso osservando il caos della stanza.

"Dov'è?"

"Non lo so. Ascoltami."

"*Devo* trovarlo. Stavo facendo una cosa troppo importante."

"Emma."

"Aiutami!"

Emma guarda nella borsa, in valigia, butta a terra i cuscini del letto, lo disfa, cerca in bagno, fa cadere qualcosa, torna agitata nella stanza. Continua a gridarci di cercare, apre cassetti, armadi, la cassaforte. Arno le dice di calmarsi, lei urla di nuovo: "L'ho perso!".

Lui prova a tranquillizzarla, la aiuta. Io non mi muovo. Osservo Arno parlarle, lei ignorarlo, il collo rosso, il respiro affannato: guarda intorno a occhi sbarrati, rovescia, strattona. Arno la blocca, la abbraccia, lei scoppia a piangere, poi lo spinge via, si rimette a cercare, ma più che cercare è uno schizzare contro gli spigoli.

"Dobbiamo comprarne uno," ansima alla fine.

"Sono le nove di sera."

"Ci dev'essere un posto aperto. Andiamo in stazione, sono sempre aperti i negozi nelle stazioni."

"Siamo lontani dalla stazione. Calmati, domani lo prendiamo."

"No! Ne ho bisogno adesso!"

"Adesso non è possibile."

"E invece sì! Esci e vai a comprarmelo!" urla.

Arno si avvicina al divano, prende l'iPad, apre la finestra e lo getta fuori.

Emma lancia un grido, si precipita a guardare. Inizia a urlargli addosso. Quando dice che tutte le sue amiche sono insieme in campeggio e lei è qui da sola con noi due sfigati, esco dalla stanza. La sento gridare qualcos'altro dal fondo del corridoio: scendo le scale, attraverso la hall dell'albergo, mi infilo nella prima strada che incrocio. Ho visto l'iPad sul marciapiede, l'ho lasciato lì.

Quando torno, Emma è coricata sul nostro letto e fissa pallida il soffitto. Arno è seduto su una poltrona, la guida di Roma tra le mani. Appena entro mi viene incontro, chiede dove sono stata, frastornato.

"Partiamo domani."

Non capisco, mi prende per mano e mi porta in bagno: Emma ha chiamato Charlotte, le ha detto che vuole tornare a casa, che la vacanza è un inferno, che la trattiamo male. Tremava, dice, si è calmata da poco.

Hanno parlato a lungo, poi hanno deciso che è meglio interrompere il viaggio e riportare Emma a casa. Io ascolto, gli accarezzo una guancia: "L'importante è che stia meglio. Per il viaggio, non importa. Forse è ancora troppo presto".

E forse davvero lo è: le città d'arte italiane a una tredicenne.

"Avremmo dovuto portarla a Disneyland."

Arno ride.

"Ho buttato l'iPad dalla finestra."

"Lo so," rido con lui, "e mi sa che ti tocca ricomprarglielo."

Cosa che fa il giorno dopo, in aeroporto. Soltanto a quel punto Emma, dopo averlo acceso e connesso a una presa, rivolge di nuovo la parola a suo padre.

Al check-in, l'impiegata della compagnia aerea chiede i nostri passaporti, rivolge le solite domande sul bagaglio a mano. Emma la incuriosisce, le chiede se è la prima volta che viene in Italia.

"Sì."

"E dove sei stata di bello?"

È una ragazza giovane, simpatica. Avrà una ventina d'anni, le lentiggini e un tatuaggio che spunta dal colletto.

"Roma."

"Solo a Roma?"

"Toscana," risponde Emma a disagio, senza guardarla.

"Ti è piaciuta?"

Emma scrolla le spalle, come sempre.

"Dove sei stata in Toscana?"

Emma a quel punto ci guarda, in cerca di aiuto.

"In che città sei stata," la sollecita Arno, pensando che forse non ha capito l'inglese, ottimo, dell'impiegata.

Emma non sa rispondere.

"Firenze?"

"Sì."

"E ti è piaciuta?"

"Sì."

"E cosa ti è piaciuto di più?"

Emma ci guarda di nuovo.

"Forza," le dico, "siamo stati quasi una settimana a Firenze. Cosa ti è piaciuto di più."

"Rispondi tu."

"Non posso rispondere io, ti sta chiedendo cosa è piaciuto a te."

Lei abbassa gli occhi, arrossisce.

La ragazza è sorpresa, le restituisce il passaporto, si sposta: "Buon viaggio".

Appena superiamo il check-in Emma si volta verso di noi: "Dovevate aiutarmi".

"Scusa?" dice Arno.

"Mi avete umiliata. Mi avete *abbandonata*!"

"Come sei drammatica. Parlava con te, voleva soltanto sapere..."

"Quella stronza non la smetteva più e voi l'avete fatto apposta." Spinge con violenza il braccio di Arno: "Non toccarmi!".

"Emma."

Fa un passo indietro, gli strappa lo zaino di mano: "Non osare parlarmi".

E corre via.

La ritroviamo al gate. È seduta per terra, l'iPad connesso a un'altra presa, la faccia calata sullo schermo, il cappuccio in testa.

Se non fossimo in aeroporto, penserei che è una tossica.

19.

Quando a casa disfo la valigia, mi accorgo di avere perso una maglietta. Strano. Controllo nella cesta della biancheria sporca, chiedo ad Arno se per caso è finita tra i suoi vestiti.

"Forse fra quelli di Emma?"

Oggi va a trovarla, glielo chiederà.

Ho deciso di aspettare a parlargli. Che Emma sia partita. Rimandare di qualche giorno, essere tranquilli. Ma succede la sera, quando Arno rientra e mi dice di avere trascorso una bella giornata con lei.

"Abbiamo mangiato al suo vietnamita, era tanto che non ci andavamo."

"Le è passato il malumore?"

"Sì. Quando è sola con me è più tranquilla."

"Secondo te perché?"

"Si sente meno sotto pressione, credo. È più rilassata. Può essere che..."

"Sotto pressione?"

Arno alza lo sguardo, sorpreso: "C'è qualcosa che non va?".

"Oltre ai dieci giorni infernali che ci ha fatto passare, intendi?"

"Sei stata così male?"

Sì, Arno, ho detestato ogni momento, ogni momento in cui anche tu ti sei mostrato debole e vinto, vorrei rispondere.

"Livia."

Però chiedere. Chiedermi di parlare, quando è così chiaro. Almeno non fingere, non costringermi a dire quello che sappiamo entrambi. Ma forse per lui è troppo: doloroso, problematico, spaventoso. È spaventato, Arno?

"Mi parli?"

Bisognerebbe fermarsi. Si sa sempre quando è il momento di fermarsi, ma di solito si continua, schiacciando l'istinto, cedendo alla rabbia, per esempio, o a un senso di giustizia, all'orgoglio, all'asfissia che ha preso me: se non capisce questo, come possiamo.

"Non sono stata bene," dico. "E nemmeno tu."

"È in un'età delicata."

"Lo so. Ma sono tutte delicate per lei?"

"E in più il Covid." Non raccoglie. "La sua generazione è stata colpita in modo particolare... Ne ho parlato con Charlotte, mi ha fatto leggere un rapporto del CDC."

Un rapporto del CDC. Immagino Charlotte, la Charlotte che anni fa si è svegliata ubriaca in piena notte coricata sotto la caldaia, cercare ragioni ufficiali alla propria inettitudine.

"I dati sulla salute mentale dei giovani sono sconcertanti."

Basta, penso. Non diventare ridicolo.

"Per farti un esempio," continua lui, "la maggior parte delle studentesse delle scuole superiori degli Stati Uniti dice di provare, non ricordo esattamente, ma una cosa come *sentimenti persistenti di tristezza o disperazione*, rispetto alla percentuale infinitamente inferiore di dieci anni fa. Ti rendi conto?"

Forse non seguo il filo dei suoi ragionamenti, forse hanno senso. Rispondo che probabilmente ha a che vedere con tutto il tempo che passano al telefono e sui social.

"Può essere. È una generazione con grandi fragilità... depressione e ansia *cliniche*. Sono ragazzi isolati, sommersi da false informazioni e, sì, certo, infiammati e demoralizzati dai social."

"E quindi meglio lasciare che tua figlia si rincoglionisca e diventi incapace di agire in modo normale nella vita reale?"

"Esageri. E non è così semplice. Tu e io siamo adulti, possiamo scegliere. Emma è una ragazzina, se non è dentro tutta questa roba si sente fuori, capisci? *È* fuori."

"Bisognerebbe intervenire sull'educazione, Arno. Questa storia del Covid e dei social... I problemi c'erano già, lo sai, sono solo diventati più gravi."

"*Gravi*?"

"La scenata per il cavo dell'iPad. L'altroieri in aeroporto."

"Emma era in contesti..."

"Non dirmi che era in contesti estranei, per favore. C'eri tu, c'ero io. È abituata a viaggiare, è nata a New York, vive a San Francisco. Non arriva da una fattoria dello Utah, santo dio."

Arno mi guarda, colpito dalla durezza del mio tono.

"C'è stato il trasloco. L'isolamento subito dopo che si è trasferita."

"Non possiamo... Non potete giustificare qualsiasi cosa con il Covid. Sei debole con lei."

"Io so benissimo quando è il momento di essere..."

"Direi proprio di no, invece. Non capisci che è sbagliato dargliela sempre vinta?"

"Cosa vuol dire dargliela sempre vinta?"

"Ti sembra normale come si è comportata? Non vedi che approfitta di te?"

"Livia, ma la finisci? Dici sempre le stesse cose. E manchi di rispetto sia a me che a mia figlia. Mi fai sentire un coglione, te ne rendi conto?"

Si alza di scatto, va in cucina. Apre il frigo, versa del vino, spacchetta qualcosa e mangia. In piedi, appoggiato al ripiano come quando la mattina di corsa non ha tempo di fare colazione seduto. Non torna di qua. Lo raggiungo io.

"Non intendevo offenderti."

"Però lo fai," dice. "E lascia stare il tuo atteggiamento con me, che comunque non va bene, ma per un momento lasciamo perdere. Tu di Emma non sai niente, Livia. Se te ne interessassi, allora potremmo parlare, discutere di quello che vuoi sul Covid e il non Covid e i social e la sua cazzo di educazione. Ma non è così," mi guarda, una briciola attaccata al labbro. "Allora stanne fuori che facciamo prima."

La pena nel vedere quella briciola che lo fa subito più vulnerabile, l'impulso a toglierla con una carezza. Svio gli occhi e non rispondo: mi vengono in mente solo mezze frasi. Roba fiacca, sterile.

"Comunque non ha visto la tua maglietta."

Versa un bicchiere anche per me.

"Non importa. Arno..."

"Dice che l'avrai dimenticata in qualche albergo."

"Forse."

Mi allungo a pescare nella scatola di cracker che ha in mano, ma non lo tocco e lui non tocca me. Non aggiungiamo niente, non ci guardiamo. Probabile che stasera finirà così: in piedi a vino e Triscuit.

"Ho pensato..."

Esito, perché ciò che sto per dirgli suonerà come la risposta sbagliata a quello "Stanne fuori" che è solo esasperazione, e lo so.

"Ho pensato che quando hai Emma per lunghi periodi è meglio che io non stia con voi."

Arno fissa a terra. Avrà sentito? Beve. La bocca gli si è scolorita. Non capisco se da prima oppure ora.

"Vuol dire non passare più le vacanze insieme."

Rimango in silenzio, il cracker diventato segatura in gola.

Poi: "Sì".

Arno posa il bicchiere nel lavandino, lascia la scatola aperta sul ripiano, mi passa davanti e se ne va. Penso che prenderà la porta e andrà via, ma va solo in camera da letto. D'altronde, mi rendo conto, a che servirebbe star fuori una notte, magari ubriacarsi, chiamare un amico, scopare la prima che passa. Rimaniamo lui e io, e Arno lo sa.

Spegnerà la luce prima che lo raggiunga, domattina uscirà presto per andare da Emma.

Io sciacquo i bicchieri, mi siedo sul divano ripercorrendo ogni passo della conversazione. Mi chiedo se ho sbagliato, dove. Mi si accavallano troppe cose in testa: la mia convinzione, il senso di colpa, il riscatto, la tristezza, l'incapacità di aiutarlo.

Prendo il cellulare, apro Instagram. Non sono mai andata

sulla pagina di Emma, ci vado ora. Scorro le foto del viaggio in Italia, le sue boccacce, i gelati, la Fontana di Trevi, i vestiti nuovi. Mi fermo su una delle ultime immagini: Emma indossa la mia maglietta, ride. In sovraimpressione, l'hashtag *#ItalianTrash*.

Durante gli ultimi giorni che passano a New York, Charlotte organizza "un'uscita tra ragazze" al mall di Empire Outlets, un picnic alla spiaggia di Robert Moses insieme a Bob, Meghan e i loro figli, e due serate musicali: una all'Afropunk Festival e una al SummerStage. Vengo invitata a ogni iniziativa, non partecipo a nessuna. Arno prima si dispiace – cosa credeva?, che parlassi dell'anno prossimo? –, poi rinuncia. Sino alla fine delle vacanze mi racconta poco, giusto per avvertirmi di un ritardo, una cena con Emma dell'ultimo minuto per cui non verrà a casa. "Salutamela," dico ogni tanto, e suona falso anche a me. Lei, che è coerente, non saluta mai me.

In tutto questo c'è un profondo senso di sollievo.

Emma e io decidiamo di non vederci più fino alla partenza.

Una scelta reciproca, consapevole. Non è vero che ho problemi con i bambini, non è vero che respingo i tentativi di affetto di un'adolescente. Emma e io siamo due persone, lo siamo sempre state, anche Emma, anche quando era piccola, non si è mai solo bambini, si è immediatamente individui, e io Emma l'ho vista subito. E lei ha visto subito me. Questo ci libera, anche se lo sappiamo solo lei e io.

20.

Quando torna a casa nostra, Emma ha diciassette anni. Non trascorro più di due giorni di fila con lei da tre anni: pasti qua e là, un giro al parco, un cinema. Sono gli incontri che preferisco: chiudersi per due ore dentro una sala, scambiare qualche impressione sul film – spesso condivido le sue – e un abbraccio lasco fino alla volta successiva.

Non è scomparsa, tutt'altro. "Infiltra e imperversa," dico a Evelyn, "tanto per non farci rilassare." Spese, soprattutto. Nello specifico, il dentista. E poi c'è quello che Evelyn battezza "lo psicodramma del naso". Emma se lo vuole rifare e Charlotte, che evidentemente non ne può più, ribatte che glielo pagheranno soltanto se papà dice sì. Ovviamente Arno dice no ("Sai che ridere, mi fossi distratto un momento?"), ed Emma comincia a tempestarlo di telefonate e messaggi: vere e proprie imboscate. "Ti vuole prendere per sfinimento," scherzo all'inizio, ma poi la situazione diventa seria: chiamate continue, con Arno che non spegne mai il cellulare per via di possibili emergenze. Ci sveglia di notte, tiene suo padre al telefono per ore. Quando lui e io litighiamo ("Ma non riesci a farla smettere di rompere i coglioni?", "Si odia, Livia, non capisci?", "E quindi io non devo dormire?"), parte per la California e va a parlarci. Dopodiché lui e Charlotte decidono di mandarla da uno psicologo: bassa autostima, fatica ad aprirsi in contesti sociali e comunicare le proprie emozioni e i propri bisogni. Salvo la rinoplastica, penso quando Arno me lo riferisce.

"Sarà di nuovo un periodo così," gli dico.

Ricordo la volta in cui, quando Emma era piccola, la psicologa della scuola le aveva diagnosticato una discalculia perché andava male in aritmetica. Arno aveva pagato un semestre di lezioni private e la discalculia era guarita.

"Lo psicologo consiglia una terapia."

Mi viene da ridere: dovremmo farla noi, la terapia.

Più tardi ne parlo a Evelyn: "Questa è davvero un flagello di dio," risponde.

Per via della novità, Arno rimane a San Francisco più del previsto: vuole essere là quando Emma torna dalle sedute, mostrarle che c'è, che può contare su di lui. Quando mi dice che dovremo ridimensionare i nostri piani e le nostre spese per le vacanze, esplodo: "Le stai addosso perché hai paura che vada a spifferare che non ci sei?", "Tanto per cambiare non capisci". "Capisco eccome, Arno. E sarebbe ora che capissi anche tu". Chiudiamo la telefonata bruscamente, io sono furibonda, lui dev'essersene reso conto, o essersi reso conto che è una situazione ridicola, perché in serata mi arriva una bottiglia di champagne: *Torno presto, e per le vacanze facciamo come avevamo deciso*. La metto in frigo, non la apro. Era tanto che non mandava una bottiglia del tormento, e il fatto che ci siamo tornati mi fa tutt'altro che piacere. La regalerò a Evelyn: "Falla esorcizzare," le dirò.

Alle sedute Emma andrà per qualche mese, poi di colpo smetterà. Non ho mai saputo se abbia tratto giovamento dalle sessioni, oppure cambiato strategia. Poco dopo infatti ha chiesto un conto di risparmio: appena sarà maggiorenne, si opererà.

A Natale Charlotte rimane a San Francisco e Arno reclama Emma per sé. Non la vede da mesi: al suo ritorno dalla California siamo andati in Italia, dove passiamo sempre più tempo, mentre la vita di Emma e Charlotte è avviata a San Francisco. Le occasioni diminuiscono, Arno pianifica con mesi di anticipo.

Per Natale mi chiede di stare tutti e tre insieme a New York. Lui e io abbiamo deciso di partire per il Monferrato i primi di gennaio, trascorrere là tutta la primavera. Emma sarà qui nelle vacanze: vuole approfittarne. "Solo questa volta," chiede. Accetto: si tratta soltanto di cinque giorni, dopotutto, e Arno promette di uscire con lei spesso. Rimane ancora molto da fare prima della partenza: cose da impacchettare o spedire, piante e chiavi da consegnare a Evelyn perché venga a dare un'occhiata di quando in quando, provviste da finire o regalare.

La prima sera Arno ci porta fuori a cena. Andiamo in una pizzeria vicino a casa perché Emma ha voglia di pizza.

"Non sei allergica al glutine?"

"Non più."

A tavola scopro che stavolta non può, o non vuole, mangiare latticini. Si imbroncia quando Arno dice che si è dimenticato di comprarle il latte di mandorle per domattina, fa un po' di storie quando non le ordina il dolce che vuole ("Se non mangi latticini, questo non lo puoi prendere"), ma tutto sommato la cena passa bene. O era tanto che non stavo con lei o è migliorata. Oppure ormai mi aspetto che vada così male che scemenze del genere nemmeno le vedo.

A casa si chiude quasi subito in camera, dal letto la sentiamo parlare con qualcuno, in un momento di silenzio ci rendiamo conto che è la voce di un ragazzo.

"Il suo?"

Arno si stringe nelle spalle: "Vai a capire con lei...".

Mi ero fatta l'idea che stesse con la sua amica Melanie: le telefonate fiume a tutte le ore, le risatine, gli "amore", "tesoro", "mi manchi" alla fine di ogni chiamata. Ma forse è solo il rapporto simbiotico che avrebbe instaurato con Helena se fosse rimasta a New York. Ridere delle stesse cose, indossare gli stessi abiti, parlare allo stesso modo. Può anche essere che, viste le dichiarazioni, Emma stia con tutti e due, e con altri ancora, o con nessuno. È ancora acerba, con quell'impronta da latte dei bambini che soltanto quando diventa miele li fa adulti, sessuali. E poi è brutta. Al naso si è appesa un anello a ferro di cavallo che le finisce in bocca, ha la fronte cosparsa di brufoli, lo sguardo poco sveglio. Non ha odore di fumo addosso, ma gli occhi mancano di messa a fuoco, le palpebre sono molli, pesanti. I capelli spesso sporchi, le ciocche masticate in bocca quando è sopra pensiero. Adesso è bionda, la ricrescita scura. È ingrassata. Stanotte, quando mi sveglierò per andare in bagno, la troverò di fronte al frigo.

"Serve qualcosa?"

"No," risponderà tornando in camera.

La mattina dopo Arno si sveglia prima di me. Quando mi alzo, trovo un biglietto in cucina: *Sono andato da Moe's*. A prendere le ciambelle preferite di Emma. L'unico cibo, sembra, per cui non soffre di alcuna allergia. Moe's è a Greenpoint. Quaranta minuti di metro all'andata e quaranta al ritorno. Sempre che viaggi regolarmente, cosa che nel fine settimana non succede mai.

Guardo l'ora: sono le nove. Spero che Arno sia uscito da un po' e che Emma dorma fino a mezzogiorno. Non voglio ritrovarmi sola con lei.

In silenzio vado in cucina: svito la cuccuma, la pulisco, gratto il caffè dalle lame del macinino per non doverlo avviare, riempio il filtro nemmeno a metà ma me lo faccio andare bene, accendo il fornello. Sono così concentrata a fare meno rumore possibile che mi spavento quando vedo Emma sulla porta.

"È molto che sei lì?"

"Un po'."

Mente. Ma ha capito benissimo che facevo piano per non svegliarla e averla intorno.

"Papà?"

"È andato da Moe's."

"Oh, che dolce. È dolce, papà, vero?"

Sbadiglia senza coprirsi la bocca, stira le braccia scoprendo le ascelle che non si depila. A questo punto posso anche farmi un caffè normale. Allungo la mano verso la caffettiera, la mollo subito: scotta. Metto la mano sotto l'acqua fredda, lei si stacca dallo stipite, si versa un bicchiere di succo, beve tenendo la porta del frigo aperta.

"Puoi chiudere per favore?"

"Fa caldo qui dentro. Spari sempre così il riscaldamento?"

Non ho il tempo di replicare che gli occhi mi cadono sulla sua maglietta: "Quella è mia".

Fa la faccia sorpresa: "Questa?".

"Sì, *quella*."

"Me l'avevi regalata, non ti ricordi?"

"No, non mi ricordo. Quando?"

"Ma che ne so..."

"Te lo ricordo io: *me l'hai presa* in vacanza a Firenze."

"Che vacanza a Firenze?"

Quasi quasi le do ragione: *vacanza*?

"Il viaggio in Italia, Emma."

Lei si stringe nelle spalle. "Oddio, una vita fa. Chi si ricorda." Finisce il succo d'un fiato, lascia il bicchiere sul ripiano.

"Spostalo."

"Scusa?"

"Il bicchiere. O nella lavastoviglie o a tavola, se bevi ancora. Non sono la tua cameriera."

Emma è di fronte a me. Guardo la maglietta: stropicciata, macchiata di qualcosa sotto il collo, giallastra sotto le ascelle.

"Lo metto via dopo."

"Non te l'avevo regalata."

"Ma cosa... dici la maglietta?"

Sbuffa, si volta.

"Ho visto il tuo post su Instagram."

"Che post?" dice allargando la "o" per imitare la mia pronuncia.

"Italian Trash, ricordi?"

"No. Posto cento volte al giorno, figurati se mi ricordo."

Non so se stia provando a recitare la parte dell'innocente, sembra in realtà davvero stupita. Poi fa una cosa che mi sorprende: si toglie la maglietta.

"Prenditela."

Sotto non ha niente e, in quel movimento, i seni le sballottano da una parte all'altra. Sono sodi, bianchi con i capezzoli rosa, stupendi. Si è tatuata una farfalla su quello di destra. Verde, gialla e blu. Bellissima. Rimango a fissarla incapace di staccare gli occhi, lei non si copre. Oppure non le fa né caldo né freddo.

In quell'istante, si apre la porta di casa.

Emma si volta, Arno spalanca gli occhi sui suoi seni, d'istinto guarda altrove: "Emma, che cazzo stai facendo?".

Lei non fa una piega: "Niente, ho caldo," dice fissandomi e buttando la maglietta a terra.

"Vai subito a vestirti," le ordina Arno.

"Non capisco cosa le è preso," dice baciandomi. "Dopo le parlo. Tutto bene?"

Annuisco, in silenzio.

"Pure lo spogliarello..."

Cerca il mio sorriso, ne tiro fuori uno poco convincente.

"Sicura di star bene?"

"Sto bene, ma parlale."

Arno mi guarda: "È successo qualcosa mentre ero via?".

"No," rispondo, "niente. Stai tranquillo."

Arno mi bacia di nuovo. Io, per provare a domare rabbia e sconcerto, tiro fuori le ciambelle dal sacchetto. Arno è voltato, le butto malamente in un piatto.

La maglietta è sul pavimento, la getto nell'immondizia.

Emma ricompare dopo mezz'ora. Si è messa una canottiera.

"Papà?" chiede subito vedendo solo me.

"Emma," la chiama Arno per rimproverarla.

"Scusa scusa morivo di caldo," dice lei automatica andando a coricarsi sul divano.

Arno mi guarda quasi divertito, scuote la testa. Io decido di lasciar perdere: evitare di tirare fuori quella storia che nemmeno lui ricorderà più, di parlare degli occhi di Emma mentre mi sventolava la maglietta davanti al naso: *Sei una poveraccia*, dicevano.

"Ti abbiamo aspettata per la colazione."

"Grazie papi."

"E grazie Livia."

"E grazie Livia," ripete Emma senza spostare lo sguardo dall'iPad. "Che c'è da mangiare?"

"Toast di avocado, ciambelle e croissant vegani che abbiamo comprato per te. Se non li mangi te li porti via."

Emma va a prendersi una ciambella, che divora tornando sul divano.

Inizio ad apparecchiare: "Mi dai una mano?" chiedo fredda. Non le ordino di aiutarmi solo perché c'è Arno.

"Arrivo," risponde senza muoversi.

"Vai a vestirti," le dice lui portando il cibo in tavola.

Emma fa il suo "huh-huh" e prende una tartina di avocado. Si siede, ancora in mutande, posa un piede sul cuscino e il gomito sul ginocchio. L'iPad sull'altra coscia, la testa nel piatto.

"Emma."

Lei lo guarda interrogativa, Arno le indica il piede, Emma lo tira giù e lo piazza sotto il sedere. Si appoggia tutta storta al tavolo, ingobbendosi sul piatto posa il telefono contro il bicchiere, con le dita pesca pezzi di avocado e se li infila in bocca. Poi si lecca e asciuga sulla tovaglietta.

Negli anni mi sono allenata a lasciar passare a tavola con lei, ma fatico ancora quando siamo a casa mia. Così le faccio notare che ha un tovagliolo.

"Potresti posare un attimo quell'affare e fare conversazione con noi?" dice Arno.

Emma solleva un sopracciglio, allarga le narici: "Conversazione?".

"Quello che la gente fa quando è un po' che non si vede, hai presente?"

"Ti ho appena visto."

"Intendo Livia. Perché non le racconti della scuola, dei tuoi amici."

Guarda suo padre da sotto le palpebre spesse, si dà una grattata al naso con le dita unte, affonda ancora di più la testa nelle spalle: ha tutti e due i gomiti sul tavolo, le dita intrecciate, il mento appoggiato ai pollici. Torna a guardare l'iPad.

"Emma."

"Non so che dirle!"

"Ma dille cosa studi, cosa ti piace fare a scuola."

Emma scuote la testa, torna al video: "Che palle".

"Scusa?"

"Lascia stare," dico.

Non voglio provocare una discussione tra di loro – Arno ha preso il vizio di mettermi in mezzo quando la rimprovera – e poi quel che direbbe non mi interessa assolutamente.

"Ce n'è ancora?" chiede Emma indicando il succo di frutta.

"In frigo."

Appoggia la testa al braccio di Arno: "Me lo vai a prendere?".

"No, tesoro, ti alzi. È nello sportello."

Sbuffa, grufola: "Non ho voglia... Dai, papi, prendimelo tu. Ho sete".

"Ti ho detto che vai tu."

"No. Vai tu."

Faccio per alzarmi: mi costa più fatica assistere a questa pantomima che andare io. Ma Arno mi mette la mano sul braccio.

"Emma."

"Sono stanca."

"Ma se hai dormito fino adesso."

"Non ho chiuso occhio tutta la notte. Su quel divano si dorme malissimo."

"Non hai chiuso occhio perché sei stata al telefono. Stasera ti requisisco tutto prima di spegnere."

"No!"

Lo guarda da sotto in su, fa un sorriso e la voce da bambina: "Papino, mi prendi il succhino per favore?".

"Smettila, tirati su. Prendilo, che ne vogliamo anche noi."

"Allora mi paghi."

Arno sorride, scuote la testa.

"Cinque dollari."

"Emma..."

"*Non sono una cameriera*," mi fa il verso. "Se vi devo servire, mi pagate."

"Il succo è per te."

"Mi hai appena detto che lo volete anche voi."

"Emma, sto perdendo la pazienza. Vai. Altrimenti ti requisisco telefono e iPad fino a domani. Chiaro?"

"No!"

"Emma, la finisci?" sbotto infine.

"Tu stanne fuori, per cortesia," mi dice Arno.

Ci resto di sasso.

"Cercavo di difenderti."

"È mia figlia, non ho bisogno di essere difeso."

Alzo le mani, sento una vertigine percorrermi il cranio, qualcosa spegnersi.

"Vai, Emma."

Lei sbuffa, si alza strisciando la sedia sul pavimento. Apre lo sportello del frigo, lo sbatte. Torna a tavola, posa malamente la bottiglia del succo, si ributta sulla sedia, stende il braccio verso Arno: "Adesso mi paghi".

Arno ride, lei è seria: "Cinque dollari".

"Emma, dai..."

"*Cinque. Dollari.*"

Batte le nocche sul tavolo: "Sto aspettando". Arno prende il portafogli. Emma sorride, mi guarda: "Mi sta pagando".

Io lo fisso mentre tira fuori una banconota e gliela mette in mano.

"Sono solo cinque dollari, Livia."

Distolgo gli occhi, stringo la mandibola. Arno se ne accorge e sorride con scherno: "Ma davvero ti fa incazzare così tanto?".

Cosa succede esattamente quando qualcosa dentro si spezza. Qualcosa che credevamo solido, naturale. Non accade chissà che: nessuno squarcio, nessun urto. Non si avverte nemmeno il rumore, come se più che di una rottura si trattasse di uno slittamento. Solo che dopo è tutto diverso. La temperatura calata di colpo, l'energia venuta meno. Una distanza che prima non c'era, come un blocco di silenzio tra me e lui. Perché nel tempo le cose si sono accumulate, si sono dilatate al buio contro le mie intenzioni e malgrado gli sforzi a ricominciare, calibrare, superare. E oggi, senza strepito, senza che il limite superato abbia fatto scattare alcun allarme, sono salite dritte in superficie.

21.

"Potevi risparmiartela," gli dico più tardi.

"*Io* me la potevo risparmiare?"

"Cercavo di..."

"Ti ho detto che non ho bisogno di essere difeso da mia figlia."

"A me sembra di sì, invece."

Arno abbassa il libro e gli occhiali sul naso, guardandomi da sotto in su. Fingo che non sia uno sguardo di sufficienza.

"Preferirei che di fronte a lei non mi parlassi così, se proprio devi usare quel tono."

Lui fa una specie di risata, si toglie gli occhiali: "Ma ti senti, tu, quando mi parli? E come ti rivolgi a Emma? Francamente, sei tu che dovresti smettere una buona volta di usare certi toni... sia con mia figlia che con me".

È tardi, domani dobbiamo finire i bagagli, Emma è nell'altra stanza.

"Ci stiamo arrabbiando."

"Siamo già arrabbiati. O piuttosto, *tu* sei arrabbiata."

Sto per rispondere, mi placca: "Da anni".

"Non è vero."

Arno scuote la testa, fa per rinfilare gli occhiali.

"Perché dici così? Pensavo che le cose fossero migliorate."

Tutti i patteggiamenti, le discussioni, le ammissioni, gli sforzi, i passi fatti insieme. Inutili?

“Livia, ce lo siamo detti tante volte: la fatica che fai con Emma, le tue...”
“Non dirmi ancora che sono inflessibile, per cortesia. Vogliamo parlare per una volta di lei, invece che del mio carattere di merda? Se ti ricordi bene, era tua figlia quella a tette al vento stamattina.”
“E cosa dobbiamo dire? Una volta ancora che lei è una ragazzina viziata e io un pessimo padre?”
Dall’altra stanza arriva un colpo. Non capiamo se Emma abbia battuto sulla parete di proposito o per caso. Aspettiamo un attimo, torna il silenzio.
“Non ho detto che hai un carattere di merda.”
“E cosa hai detto?”
“Ne abbiamo parlato mille volte.”
E non è cambiato nulla. Questo è il punto. Siamo stanchi di tornare sempre sulle stesse cose. Emma insopportabile, io intollerante, Arno inerme. Sembriamo i personaggi di una commedia o, peggio, di un teatrino di fantocci: I Tre “In”.
“Te li ricordi i Muppets?” chiedo.
“Scusa?”
Mi viene da ridere, dev’essere la stanchezza, l’impotenza. Una vertigine pericolosa, come non me ne fregasse più niente.
“I Muppets. Miss Piggy, Gonzo, Fozzie, Kermit...”
“Certo che me li ricordo, ma cosa c’entrano?”
Gli dico cos’ho appena pensato: “Potremmo andare in televisione”.
“E far più soldi di Josephine col suo libro sulle streghe.”
Sorridiamo, ma non ci divertiamo. Non molliamo la presa su quel che abbiamo avviato.
“Io certe cose non le sopporto più, Arno. La scena di stamattina... Il tuo schierarti.”
“Mi ci hai obbligato tu in questi anni. Almeno di questo ti rendi conto, spero.”
“E di che altro mi dovrei rendere conto?”
Arno è dispiaciuto e frustrato. È quasi buffo sentirsi allo stesso modo e non capirsi. Partiamo da posizioni opposte, il

risultato è identico. Mi chiedo per l'ennesima volta se siano posizioni incompatibili.

"Sono stanco, Livia."

Ci sono molti modi per intendere quello che ha appena detto, deviare verso il quotidiano: cose che si risolvono e non importano. Ultimamente il suo lavoro è stato pesante. Domani partiamo e abbiamo ancora mille cose da fare.

Se non fosse che deviare non è possibile.

"Anch'io," rispondo.

La verità è che bisogna smettere. Smettere di tirare da una parte all'altra, smettere di dividersi, smettere la fatica disumana ad armonizzare. Se le forze sono opposte, bisogna mollare e lasciare che vadano ognuna nella propria direzione.

Lo guardo: si sta sfregando gli occhi.

"Emma è viziata," dice. "Hai ragione. È maleducata, arrogante, esagerata... tutto quello che vuoi. Era così da bambina ed è così adesso. Non dico che va bene, non sto cercando di scaricare responsabilità, tantomeno su di te."

Continua a non guardarmi, seduto.

"Emma però è una ragazzina di diciassette anni, Livia. Una volta, quando era ancora piccola, mi hai detto che in lei vedevi cose che io non capivo. Te lo ricordi?"

Certo che me lo ricordo. Lo penso ancora.

"Io invece credo che tu non sia mai stata in grado di prenderla per quello che è."

Allarga le mani.

"Semplicemente."

Non rispondo, del resto Arno non si aspetta che lo faccia. Deve parlarmi, continua e continuerebbe anche se mi alzassi e me ne andassi. Mi seguirebbe, sussurrerebbe attraverso le porte: *Devi sentire, Livia.*

"Prima non sapevo perché: sospettavo ci fosse qualcosa sotto, poi ho capito che non hai mai guardato Emma senza metterci dentro te. Come questo ti funzioni in testa non lo so, ma Emma per te è un problema."

Devi sentire chi sei.

"Perché le reazioni che hai sempre avuto con lei sono troppo, Livia. Capisci? Troppo. La tua gelosia, la regressione, sì, regressione. Anche quando era piccola, era come vedere due sorelle litigare per lo stesso giocattolo invece di un'adulta e una bambina. Di fronte a Emma vai in corto circuito."

"Chiunque andrebbe in corto circuito!"

"Non è vero. Nessuno ha le reazioni che hai tu."

"Nessuno è nella mia posizione."

"E quale sarebbe?"

"Io sto con te. Sto con suo padre."

"E allora? Stai dicendo che Emma fa apposta a essere così perché è gelosa? Non stai rovesciando le parti, piuttosto?"

Gelosa di Emma. Gelosa di sua figlia.

"No, non è questo."

"E che cos'è?"

Sto zitta, rifletto.

"Il problema non è *perché* c'è," rispondo. "Il problema è per *come* è, come le permettete di essere. E io, se voglio stare con te, non ho scelta né voce in capitolo."

"E torniamo daccapo."

Mi guarda.

"Ci deve per forza essere qualcos'altro, Livia. E poi," aggiunge, "potresti anche essere più tollerante, visto che non la vedi mai."

Vorrei fargli l'elenco delle emergenze, spese assurde, discussioni dovute a Emma soltanto negli ultimi mesi.

"Per quello, era quasi meglio quando stava qui. Da quando è partita è peggio di un castigo."

Arno mi lancia un'occhiata che è un coltello. Lo ignoro e continuo: "Ti rendi conto che sei al suo servizio *sempre*? Qualsiasi cosa chieda, in qualsiasi momento della giornata?".

"Hai sentito cosa ti ho detto?"

Cerco un tono più calmo: "Ho sentito. Ma sto cercando di darti il mio punto di vista".

Arno scuote la testa.

"Mi ascolti?"

Fa un gesto come a dire *Prego*: un "prego" sprezzante, fiaccato.

"Tu non sei tuo padre, Arno. La questione," alzo la voce per coprire la sua che sta per replicare, "è un'altra e, a furia di sviare l'attenzione, rischi di..."

"Ah, sì?" mi interrompe. "E quale sarebbe la questione?"

"Che bisogna capire chi siamo. E convivere con quello che scopriamo. Con Emma sei così insicuro che pur di non perderla..."

"Oddio! Ancora con questa storia?"

"Sì, ancora con questa storia. E penso anche che tu debba una volta per tutte metterti via la questione di tuo padre."

"Risparmiami la psicoanalisi di me e mio padre, per cortesia. Anche perché non è il tuo mestiere."

Ho caldo, voglia di gridargli in faccia per farlo tacere.

"Sto cercando di dirti un'altra cosa. Che hai lasciato Emma è un dato. In questo hai fatto quel che ha fatto Christopher con te. Ma tu vuoi essere presente per tua figlia."

"Livia, te lo ripeto anche se ormai ho la nausea: io *so* di essere diverso da mio padre, e *so* di valere."

"No, quando si tratta di Emma non lo sai. Dubito che tu riesca davvero a vederti quando sei con lei."

Ride ancora, una risata tesa, brutta. La ignoro: ho deciso di andare fino in fondo, e poi succeda quel che deve succedere.

"La verità è che hai il terrore di essere scoperto, Arno. E che tutti noi, Emma per prima, ti lasciamo solo perché non vali un cazzo."

Tace, gli occhi infiammati. Duro come non l'ho mai sentito, dice soltanto: "Emma è qui. Ora come ora mi interessa solo questo. Stare con lei e salutarla bene. Apprezzerei che ti sforzassi un minimo anche tu".

Sospiro, un nodo in gola.

"Non posso più."

22.

Per l'Italia parto da sola. I miei sono lì da qualche giorno: aspettano i colli che abbiamo mandato, accendono il riscaldamento per noi. Non gli dico che ci sono solo io, se ne renderanno conto dopo, mia madre vorrà venire, le chiederò di no. Non voglio nessuno di cui preoccuparmi, per cui dovermi tirare su, nessuno da non impensierire.

Quando arrivo c'è la nebbia. Una nebbia spessa, che si alza nelle giornate di sole e rimane a pesare sulla terra spoglia fino al pomeriggio, quando il sole bianco la disperde appena. La luce slavata di gennaio dura un'ora, forse due, poi lascia campo al buio, ancora alla nebbia. Quest'anno non nevica e piove troppo poco, dicono, la terra è dura, nera. La vado a calpestare nell'orto – lo chiamo già così –, l'aria è bagnata e densa, si sente un motore lontano, il guaito dei cani. Imparerò, ricorderò, che i rumori della campagna in inverno sono pochi, sempre gli stessi.

Chiudo gli occhi: inspiro l'odore di quest'inverno nudo. Aspetto: l'energia per muovermi, portare su le valigie, disfarle e iniziare a programmare le giornate, la spesa, i pasti. Alle pulizie ha pensato la figlia della maestra, dovrò pagarla, agli ultimi lavori un operaio di mio cugino, dovrò pagare anche lui. Domani, penso. Domani esco e attraverso la nebbia. Oggi rimango dentro.

Respiro a fondo, ascolto: una tortora su un albero vicino, la voce di un uomo, un trattore che solca il silenzio.

Mi sveglio alle cinque. Per il jet lag e perché ieri sono crollata alle otto senza cenare. Ho fame. Mia madre ha lasciato qualcosa in frigo "per il primo giorno", faccio colazione a minestra e formaggio.

Mangio e mi guardo intorno: la credenza scura, il tavolo bianco con il ripiano di marmo su cui ho steso una tovaglia blu, l'orologio che mio padre ha appeso alla parete mentre mia madre al telefono mostrava dove, il cucinino in cui abbiamo installato la stufa, le tende ricamate, i cassetti ancora semivuoti. La minestra è bollente, taglio una striscia di toma e la mescolo alle patate e alle carote finché non si scioglie. Metto in bocca il cucchiaio, stacco i fili di formaggio con le dita, fisso fuori: lo schermo bianco di un cielo che non si alzerà per ore e mi permetterà di entrare con calma e dolcezza in questo tempo nuovo.

Arno è rimasto a casa mia.

Il giorno dopo quella discussione io ho finito i bagagli, lui è andato da Charlotte. Non so cosa le abbia detto. Se si sia confidato, se abbia inventato qualcosa per spiegare perché rimaneva a New York. Io ho chiuso le valigie e sono partita. Giusto un messaggio prima di decollare, all'arrivo nulla: se l'aereo fosse precipitato l'avrebbe saputo.

Ho chiesto una sospensione. Nessuna idea precisa di quanto né di cosa mi serva: solo il nudo di questa terra sotto i piedi. Duro, brullo, semplice. E la coscienza di non poter più continuare, replicare a vuoto le stesse emozioni, gli stessi ragionamenti. I riflessi tossici che hanno finito per prevalere sulle intenzioni, sull'impegno, sulle promesse reciproche. Mi rendo conto di quanto gli anni abbiano saturato tutto lo spazio che c'era, di come le nostre difficoltà abbiano eroso ciò che ci teneva insieme, e non ha nessuna importanza che Emma sia da un'altra parte: ormai è tardi.

Quel che devo capire è se sia solo per Emma, e tutto quello che Emma ha cambiato e travolto, o se sarebbe accaduto ugualmente. Se c'è qualcosa in me che non si accorda più ad Arno, e cosa in lui non si accorda più a me.

Arno era smarrito, come di fronte a un'ipotesi impossibile. È esploso, stordito dalla collera. Schiacciata e repressa in nome di un sentimento che, a esser troppo pestato, finisce storpio. Sul bordo di un precipizio: così mi dirà di essersi sentito.

"È finita?" ha chiesto.

"Dipende da me?"

"Sei tu che te ne vai."

Sono io che me ne vado. Io che, ai suoi occhi, ho aspettato questo momento per lasciare lui indietro. Ma certi processi, ho scoperto, si innescano da soli, amore mio. E quindi non so che risponderti, non so come avviare le giornate, se dar loro un futuro o premerle in una fine.

Non sappiamo ancora niente. È tutto da decidere e poi, qualsiasi direzione prenderemo, rifare.

Fatico a concentrarmi sul lavoro, il furgone con i mobili arriva una settimana dopo di me, i figli di mio cugino vengono a darmi una mano, sistemiamo tutto in una giornata. Gli offro la cena nella trattoria dove avevamo portato Arno, e il proprietario mi chiede notizie: "Lavora," rispondo.

Arrivano anche i libri e i pochi altri oggetti che voglio qua. Mi rendo conto che ci vorrà tempo per arredare la casa, nelle stanze c'è ancora l'eco, talvolta non ci entro per evitare il riverbero della mia decisione.

Faccio amicizia con la figlia della maestra, una donna della mia età con due figli adulti; è impiegata al consorzio agrario e ha una passione per il legno, scoprirò più avanti, quando mi inviterà nel suo garage. Da lei compro un tagliere, quattro ciotole, una figura di donna sottile con le braccia infuori come il Cristo di Rio. Insieme continuiamo i pellegrinaggi ai mercati dell'usato, prendiamo un cappuccino la domenica, mangiamo a casa di una o dell'altra. Le parlo di Arno, di Emma. Marisa risponde che sono situazioni difficili. Che bisogna davvero volerci rimanere e che si sarà sempre seconde. "Devi capire se fa per te." È successo anche a lei, al contrario: uomini che mal sopportavano la priorità dei suoi figli, soprattutto quando erano piccoli. "Ma tu sei una donna," dice, e non capisco cosa intenda: se devo essere in grado di accettare di più, accogliere. Glielo chiedo, un giorno. "Tu sai stare da sola," chiarisce.

A volte il cielo si sgombra dalla nebbia e dall'inverno. Succede di rado: un disturbo che mi fa capire che devo fare attenzione, mi sto abituando alla solitudine. Altre volte, quando l'abbaglio della luce improvvisa invade la casa, apro tutte le finestre, gli armadi, lascio entrare l'aria fredda, blocco le porte con le sedie perché non sbattano e mi metto in mezzo, a prendere l'aria e il vento. Un giorno Marisa passa in una di queste occasioni: vede la mia testa spettinata, le guance arrossate dal freddo. Si abbottona la giacca, dice che sembra il suo garage, la sera mi manda un messaggio per sapere come sto. Sono giornate in cui respiro così bene che ho la tentazione di chiamare Arno e dirgli basta.

Di lui ho poche notizie. A volte, con la scusa di una bolletta, ci cerchiamo. Cose pratiche dietro cui pariamo la nostalgia. Perché l'amore non è finito. Se fosse quello a essersi spezzato, sarebbe tutto facile. Invece l'amore tiene, ciò che è franato è l'assetto che gli abbiamo costruito intorno. Non so se anche Arno sia arrivato a questa conclusione: forse per lui le due cose vanno insieme, forse non la vede così, forse sono bugie perché ho paura di dirmi la verità. Forse la verità è più chiara di come ce la fabbrichiamo in testa per riuscire ad andare avanti.

Un mattino di febbraio ricevo un messaggio di Evelyn: *Corrado è a Torino.*

Non faccio in tempo a chiedere a far cosa che mi scrive lui: *Presento un documentario a un festival. Vengo a trovarti?*

Poso il telefono, lo riprendo per chiamare Evelyn e sapere che altro gli ha detto della mia situazione, lo poso di nuovo. Che voglio fare? Qualsiasi cosa Evelyn abbia detto o fatto, che voglio fare *io*?

Il primo istinto è dire no. E poi dove, qui? Qui non è possibile. Far entrare in casa mia un uomo che non è Arno. Voglio vederlo? Sarebbe più complicato se. *È* più complicato visto che.

Dove?, rispondo.

Mi dà l'indirizzo del Museo del Cinema.

Guardo fuori: è nuvoloso. Niente nebbia, quindi. In un'ora sarei là: un pranzo insieme, due chiacchiere. Una boccata d'aria fresca, Torino, che non ho ancora visto da quando sono arrivata. Una buona occasione, mi dico, e una faccia familiare; una voce diversa da quella di Marisa, dei miei parenti, la mia.

Vengo io.

Sento un'elettricità attraversare il corpo, qualcosa di vecchio, lontano. C'è stato un tempo in cui andavo avanti a questa energia, alimentata dal desiderio, dalle aspettative e dall'immaginazione di un'altra età. Mi sorprendo in dubbio tra una camicetta e una maglia, io che ho allenato l'istinto ad abbinamenti funzionali. Due gocce di profumo, un po' di trucco. Minimo, come se il fatto stesso di prendere la macchina e andare a pranzo con Corrado non fosse già una dichiarazione. Ma si può sempre mentire: ne ho approfittato per vedere una mostra che rimandavo da settimane, per esempio, mentre il rossetto sulle labbra trasmette un messaggio indiscutibile: baciale. Cosa non mi dico lasciando la bocca struccata e legandomi i capelli: ho un bel collo, glielo voglio mostrare. Prendo il giaccone di lana, troppo leggero per questo freddo, infilo gli stivaletti di cuoio anche se sono scomodi per camminare. Con l'abbigliamento decido già che tipo di giornata sarà; non lo metto a fuoco fino a quando, in autostrada, mi guarderò e realizzerò che mi sono preparata per un appuntamento con un altro uomo.

Quando parcheggio, tolgo la suoneria al cellulare – Arno non ha mai telefonato, non vorrei lo facesse proprio oggi. Il pensiero è pratico, di chi tradisce. Appena me ne rendo conto, respiro a fondo: non sto tradendo nessuno. "Hai fatto bene," dirà Marisa domani. Marisa, però, di me e Arno sa troppo poco.

Mi guardo intorno, se ben ricordo il ristorante dove abbiamo appuntamento è in questa via.

Corrado è abbronzato, ha il naso spellato.

"Sono andato a sciare."

Riemergendo da un abbraccio che abbrevio, in imbarazzo chiedo dove, lui indica dietro di sé: "Monte Bianco, entrambi i versanti. Ne ho approfittato, visto che sono qui".

Dice che domani, dopo la proiezione, ci torna per il fine settimana.

"Che bello. Io sono secoli che non scio."

Corrado si illumina: "Vieni con me!".

"E quando?"

"Domani."

"Non ho niente..."

Come se la sua richiesta dopo cinque minuti che sono arrivata non fosse assurda e si trattasse soltanto di una questione di giacche a vento.

"Noleggi quel che ti serve. Ormai si possono noleggiare anche le mutande."

Rido, scorro il menu: "Intanto mangiamo".

"Giusto. Al futuro pensiamo a stomaco pieno."

Da quanto non sentivo questa leggerezza, e insieme mi chiedo se ho fatto bene a venire. Corrado è allegro, bello. L'abbronzatura da sci, il naso sbucciato. È tutto una sorpresa, come un regalo. Un'occasione che ignora i miei rifiuti. O che dei miei rifiuti si sostiene, perché sono rifiuti a metà. Non ho mai sbarrato l'ipotesi di un'alternativa, la sua semplicità. Come tenere un piede fuori quando il dentro diventa un buco. Questo, vede Corrado. Questo, vede Evelyn che deve avergli detto dov'ero e che sono sola.

Ordiniamo, gli chiedo del documentario.

"Calvino e gli Stati Uniti. Il regista mi ha chiesto di presentarlo."

"Sembra interessante."

"Sei in tempo, ci sono ancora biglietti. Stamattina hanno

inaugurato il festival, la solfa mortale che ti annoia. Domani invece ci sono proiezione e dibattito con i pezzi da novanta."

"Incluso te."

"Io introduco e basta: vorrei sfilarmi presto. Sono contento di vederti."

Brindiamo.

"Anche io."

Mangiamo, parliamo, gli racconto un po' di me e Arno, lasciamo il ristorante alla chiusura. Non ho voglia di andare via; quando Corrado propone un altro caffè, dico sì: deve assolutamente provare la specialità del posto, i turisti fanno la coda. Finge di non averla mai assaggiata: "Cerchiamo un bar dove non ce ne siano".

Ci avviamo lenti sotto i portici, chiacchierando guardiamo vetrine, attraversiamo piazze, passiamo davanti a gallerie e teatri. Al caffè arriviamo che il sole inizia a calare: è un pomeriggio di pieno inverno, tra poco scenderà la notte. Devo guidare, l'autostrada al buio non mi è mai piaciuta, ma non è questo. È un'oscurità che penetra e dilaga: i contorni di Corrado si slabbrano, cedono sotto il suo peso. Ricaccio il malessere, entriamo. Ho freddo. Scelgo un tavolo riparato, mi siedo in angolo.

"Vieni con me, Livia."

"Dove?"

"A sciare."

"Ho troppo da sistemare in casa."

"Puoi difenderti meglio di così."

Ordiniamo i caffè.

"Sono solo due giorni. Io poi torno a Parigi."

Mi guarda, io non guardo lui. Rimesto nella tazzina con il cucchiaino malgrado le raccomandazioni della cameriera: questo caffè va bevuto uno strato alla volta, senza mescolare, e io l'ho ridotto a un mischione marroncino.

"Stai disobbedendo," dice. "Disobbedire fa bene."

Invece di sorridere sono di colpo triste. Lui si china verso di me, alzo lo sguardo, con gli occhi mi chiede se può e io annuisco.

Lo accompagno fino al suo albergo. Camminiamo a braccetto come se non fosse accaduto nulla. Le strade sono piene di gente a passeggio nonostante il freddo, le luci delle auto illuminano le pozzanghere. Mentre eravamo al bar è piovuto. Guardo l'ora: le otto.

"Ceniamo?"

"Meglio di no. Vado."

Annoiata dalla mia voce che continua a ripetere la stessa cosa. Come può sopportarlo, perché non se n'è andato.

Arriviamo di fronte all'hotel, io mi stacco dal suo braccio, lui tiene le mani in tasca e, senza avvicinarsi, chinarsi, stringermi, semplicemente chiede: "Sali?".

23.

È un'alba tersa: si vedono le montagne nell'aria rosa e chiara. Non c'è la cappa di smog che pesava su Torino già quando ci venivo da ragazzina: il cielo è limpido come lo immagino ora su quelle montagne.

Mi fermo al centro della piazza, rabbrividisco: siamo sotto zero, mi stringo nella giacca insufficiente che terrò per tutto il viaggio di ritorno. Scendo nel parcheggio, salgo in macchina, esco dalla città ormai in movimento. Imbocco l'autostrada e torno in una dimensione familiare. È stata una parentesi di cui posso dimenticarmi, se voglio. Ma non devo, perché tutto è d'un tratto chiaro.

Quando stamattina mi sono alzata, Corrado era già in piedi. Aspettava che mi svegliassi, decidessi. Ha capito. Ha capito perché ho capito io. Basta ambiguità – o di qua o di là, scegli. Ho scelto. Dopo, aveva fretta che me ne andassi. O forse sono io che al posto suo avrei voluto così.

Arrivo a casa sotto un cielo ventoso. Avverto i i miei genitori, i cugini, Marisa. Lascio un mazzo di chiavi sotto lo zerbino: "Spero pochi giorni," le ho detto. Non dipende da me, a questo punto.

Compro il biglietto, metto in uno zaino il cambio per una notte. In aeroporto arrivo in anticipo: ho chiuso la casa come se dovessi tornarci presto. Giusto il gas, e in frigo il latte e una lattuga per Marisa. Tornando, Arno e io passeremo al mercato, faremo una scorta di frutta e verdura, le uova del contadino, i formaggi, il pane. La dispensa è mezza vuota: da sola mi nutro male, a metà.

In aereo ho un posto accanto al finestrino, vicino a me c'è una donna che piange. Si copre con degli occhiali da sole che in cabina sono subito eccentrici, ma nessuno la guarda, intasati nel corridoio a puntare il proprio posto. Non la guardo nemmeno io per non metterla in imbarazzo. D'un tratto tira fuori il cellulare, indossa le cuffie, chiama qualcuno a cui si rivolge rapida e sottovoce in una lingua che non capisco. La conversazione dura qualche minuto, parla soprattutto lei. Ben prima dell'invito a spegnere i dispositivi elettronici lei butta tutto in borsa, occhiali inclusi, tira la mascherina sugli occhi e si addormenta. Dovrò svegliarla due volte per andare in bagno.

Atterro a New York, prendo un taxi. Stringo le chiavi di casa, più tardi avrò il segno del portone sul palmo. È venerdì sera, c'è traffico. Il tragitto mi sembra non finire mai. Controllo il telefono ogni tanto, ma ad Abazia è notte, Marisa ha mandato un messaggio ore fa, *Tutto a posto non ti preoccupare di niente*; è notte a Torino, che Corrado ha già lasciato per andare in montagna. Mi immagino là: sciare insieme, rientrare in albergo alla chiusura degli impianti. Fuori, la notte gelida, il vento. Ora sento solo una specie di attesa che risucchia in sé ogni altra cosa. Sbrigati, penso guardando le strade oltre il finestrino, bordate di neve sporca e pozze piene di rifiuti. L'attrito dei due paesaggi si intromette con una sensazione perpendicolare, la scaccio.

Sbrigati.

Quando arrivo guardo in su: le luci sono accese, Arno è in casa. Apro il portone con le mie chiavi, poi suonerò il campanello: non voglio spaventarlo. Entro nel palazzo, faccio la prima rampa di scale, mi fermo. Piano, penso, devi poter parlare. Respiro a fondo, ascolto le voci dei miei vicini attraverso la porta: i loro bambini, la musica.

Riprendo a muovermi, appena più calma. Sul pianerottolo mi fermo. La musica che sentivo viene da qui: hip hop, per questo credevo fosse sotto. Che ridere, Arno si è svecchiato.

Suono.

Sento dei passi nel corridoio, lo scatto della serratura: Emma.

Non me l'aspettavo, resto immobile. Non mi rendo conto di come la guardo, ma so che lei ricambia. È uno sguardo tremendo, realizzerò.

Lei non parla, non spalanca la porta. La accosta, si volta, torna verso l'interno dell'appartamento.

"È lei."

Sento un rumore, Arno: "Sei qui".

Non sa ancora cosa sono venuta a dirgli, lo legge sul mio viso.

Ho avuto il timore di non sentire nulla. Vederlo e non avvertire più alcuna emozione. Nonostante la decisione che ho preso, o proprio in ragione di quella: avere scelto e aver perso tutto.

"Vieni," mi invita a entrare. Buffo, essere invitata a entrare in casa mia.

Emma da dietro le sue spalle mi fissa impassibile. Chissà come si sente, cosa sperava.

Di certo non la serata che stiamo avviando: io che poso la borsa in camera e faccio una doccia mentre Arno ordina le pizze. Lui è spaesato, lo siamo tutti e tre; nemmeno io l'avevo pensata così. Credevo che Emma fosse in California, invece è qui.

Quando mi siedo a tavola sto per chiedere, ma non lo faccio. Suonerebbe male: *Quando te ne vai?* Ceniamo, lei rimane sul divano a guardare un film. Arno e io apriamo una bottiglia di vino, anche se mi ero immaginata di andare subito a letto, stringerci, mormorare le cose sciocche e sublimi di quelli che si perdonano. Invece siamo seduti a tavola, le pizze gommose e due bicchieri di rosso, una conversazione surrogata che zoppica perché Emma è a portata d'orecchio e quel che ci dovremmo dire davvero riguarda anche lei. Domani, penso. Sicuramente, visto che sono qui, Arno chiederà a Charlotte di venirla a prendere.

Il giorno dopo è Emma che se ne va. Con il suo zainetto

sciancato e gli stivali fino al ginocchio, si presenta in cucina alle dieci e chiede ad Arno i soldi del taxi.

Lui è incerto tra dirle di fermarsi e lasciarla andare: rimanere con me, parlare, capire come fare da qui in avanti.

Ma Emma ha deciso per tutti: “Chiamami”.

Manda un saluto generico con la mano e va via.

Arno e io ci troviamo soli e credo passi a entrambi per la testa che sarebbe stato meglio se Emma fosse rimasta. È difficile capire da dove cominciare, anche se è chiaro che devo cominciare io. E allora comincio.

Dico tutto.

Tutto quello che mi ha attraversata negli anni, dei miei giorni nel Monferrato, della casa. Emma. Cosa mi fa, cosa tocca. Il suo potere su di me non può essere soltanto suo, ha detto Arno. D’altronde, non è mai così: il potere degli altri sta anche in quello che gli diamo noi.

“Ti scatena la belva,” dice Evelyn.

Sarebbe stato diverso se la situazione fosse cambiata negli anni? Se fosse cambiata lei?

Comunque sia, ho capito. Ho infine capito. Almeno saprò questo: dove finisce Emma e dove comincio io. Ho anche però compreso che capire non significa potere – o volere – cambiare.

Quel che è certo è che ho oltrepassato il limite che ho in me (la raccomandazione di Evelyn: “Purché non ti spinga troppo in là”) e quando succede – a chiunque – qualcosa si incrina. E dopo? Immagino ci sia chi sa rivoluzionarsi, diventare un altro sganciando un carapace ormai obsoleto. Era ciò che speravi, amore mio? Invece no. Io ho difeso chi ero, perché forzare oltre avrebbe fatto solo del male: a me, ad Arno, a Emma. Così come Arno ha difeso sé stesso, e stavolta glielo dico: “Non hai mai scelto tua figlia prima di te, sei sempre e solo arrivato fino a un certo punto”.

Ci metto poco a dire tutto, rispetto alla dimensione che ogni cosa ha preso. Non dimentico o tralascio nulla, neppure quando mi sono chiesta come sarebbe stata la nostra vita senza

Emma. Non ho detto "Se Emma morisse" perché so ancora dove fermare la violenza.

L'unica cosa che non dico è Corrado. Non serve a niente, non è mai servito a niente. Ci confonderebbe, appannerebbe la vista con tangenti inutili. Forse un giorno, penso. Ma poi nemmeno.

E alla fine, quando lui si alza per andare alla finestra, aggiungo: "D'ora in avanti starò ad Abazia molto di più".

Si volta, è sorpreso: "*Staremo*, no?".

"Certo, se potrai."

"Cosa mi stai dicendo?"

Tento un sorriso che vorrei rassicurante: "Non devi più scegliere, Arno. Prenditi tutto il tempo di cui hai ancora bisogno con Emma. Io ci sono e ti aspetto".

Mi fissa.

"Mi dispiace," dico.

Rimane in silenzio a lungo, poi, quasi con sollievo, risponde: "Anche a me".

Non so se si possa stabilire in partenza la probabilità di un fallimento. Oppure se rimanga lecito tentare, illuderci e illudere, aprirsi alla possibilità. È questo che voglio pensare di aver fatto con lui sin dall'inizio. E questo sapremo sempre: alla fine della battaglia che abbiamo entrambi perso, ci siamo spogliati di tutto e, nudi e disarmati, abbiamo raccolto ciò che è rimasto.

24.

Arno e io ci stabiliamo definitivamente nel Monferrato.

Lui torna negli Stati Uniti quando c'è Emma. Sta in hotel oppure a casa di Charlotte, che ha trovato un nuovo fidanzato che abita a New York. Ricco anche questo, medico. Si chiama Leonard. Evelyn dice che prima o poi le chiederà come fa, lei infila una catastrofe dietro l'altra. La scorsa estate è venuta a trovarci ad Abazia, si è rilassata tanto che ha passato più tempo addormentata che sveglia. "Dovreste mettere su un business," diceva, "fare un ritiro per americani stressati." Il post-Covid, il lavoro a distanza, le rivoluzioni esistenziali: "Se avessi un posto del genere, farei i milioni".

Emma, invece, non viene mai. Arno ci prova ogni volta che la sente, le mostra fotografie, video dei dintorni, dell'orto che ormai produce zucchini, pomodori, albicocche, spinaci, mele e rose. Lei dice sì e poi rimanda: gli amici, gli impegni, "Quando ho le vacanze preferisco andare a New York, papà", anche se a New York ormai non conosce più nessuno e passa le giornate al telefono con le sue nuove amiche.

Io non lo accompagno quasi mai. Arno non mi chiede niente, ma gli dispiace: nonostante tutto, sperava ancora che il tempo diluisse, soprattutto adesso che Charlotte si risposa.

"Tornano a vivere a New York?"

"Penso che vada lui là."

Se si trasferissero a New York, Arno mi chiederebbe di

accompagnarlo. Nascondo il sollievo con il riflesso ormai allenato dagli anni: non farmi vedere da lui. Ma Arno vede e finge di non accorgersene. Non so cosa dice a sé stesso, lui non sa cosa dico io a me. Monologhi sotterranei che restano seppelliti negli strati bui del nostro patteggiare la libertà. Non è vero che si deve sempre parlare di tutto e spartire ogni pensiero: se così fosse, nessuno reggerebbe insieme. Troppa onestà, troppa crudezza.

Penso ancora a Corrado, ogni tanto. Qualche volta mi scrive, gli rispondo senza fare domande. È diventato una sorta di proiezione, un pensiero in fondo a giornate faticose, una consolazione simile a certe tracce che si dissolvono nel sonno.

In autunno Emma inizia l'università: Arno sperava Pratt a New York, ma lei ha scelto una scuola di arte e cinematografia vicino a casa. Arno ne ha parlato al telefono con Charlotte: "Mai sentita nominare. Non avrà niente in mano".

Charlotte invece è convinta. Conosce l'istituto, i docenti, persone che lavorano nell'ambiente: sarà più facile per Emma.

"Sempre che rimanga lì," ha detto Arno.

Ormai la vede poco. Emma passa le vacanze con gli amici, oppure insieme a Charlotte e Leonard. Charlotte ha detto ad Arno di essere paziente, è l'età in cui si scopre il mondo da soli. "O con voi due," ha risposto lui. Ho immaginato cosa avrebbe potuto dire Charlotte: *La vostra chance l'avete avuta*, e magari gliel'ha anche detto.

"Vai là un po'," lo incoraggio, "stai con lei."

"Non vuole."

Con il tempo gli fa meno male. Si persuade forse che è giusto così. Una fase, dice più a sé stesso che a me.

Non avrà modo di vedere come ne uscirà, anche se non lo sappiamo ancora.

Nell'ultimo periodo Arno lavora sempre meno per i corsi di formazione. Ha aperto una società di consulenza informatica aziendale, fa quasi tutto online, anche se cerca di andare spesso negli Stati Uniti.

La maggior parte del tempo è qui e nei ritagli si occupa della casa: il tetto da controllare, i muri da rinfrescare, lavoretti idraulici. Impara da manuali o da mio cugino. Si capiscono a gesti o obbligando me a tradurre. Arno si è appassionato all'orto, è lui che ha seminato le verdure. Le rose sono spuntate da sole, non capiamo come. Con i figli di mio cugino ha costruito una rimessa per gli attrezzi, dove trascorre giornate intere. Si è messo in testa di coltivare i frutti di bosco, vedremo che ne sarà.

La casa è venuta bene. Abbiamo rinforzato il balcone che dà sulla campagna, dipinto la cucina, riaperto il camino al piano di sotto. Da New York abbiamo portato il disegno che Arno mi aveva regalato, lo appendiamo in camera: ci piace che sia qui. La soffitta per adesso è uno sgombero abbandonato da tenere sotto controllo per via di certe tegole messe al risparmio dai muratori sessant'anni fa, da cui filtrano la pioggia di stravento e i raggi del sole. A tenerla asciutta pensa Arno. Io salgo ogni tanto per conto mio: mi arrampico sulla scaletta di metallo e mi siedo per terra a ricordare quando ci venivo a giocare da bambina.

Mio padre è contento. Non ha mai spinto perché ci venissimo, ha aspettato imparziale che prendessimo la nostra decisione e so che gli sarei bastata anche solo io. Una versione più infelice e indifesa di me, ai suoi occhi, e per questa ragione tanto meglio avermi vicina. Così invece è perfetto: Arno e io qui, a riabitare casa sua, seminare l'orto, dare continuità al passato. Ho capito a cosa servono le vecchie case di famiglia: scomode, illogiche, costose da mantenere, sono i muri e le fondamenta di un dissenso collettivo, un'estensione della vita di tutti che gioca a scavalcare la morte.

Voglio finire di arredare le stanze e continuo a battere mercati insieme a Marisa. Una volta è venuto anche Arno, che dopo quattro banchi si è rifugiato nel bar della piazza ad aspettarci. Quando siamo andate a prenderlo aveva fatto amicizia con il proprietario, che a suon di schizzi e sbozzi sui tovaglioli gli aveva offerto un tavolaccio di legno: un mobile in noce bruno, magnifico, che sua moglie non sopportava più. "È in fissa col *decapàs*," aveva spiegato questo marito stremato. Così l'ha venduto a noi per due spicci, e qualche sera dopo abbiamo invitato tutti a cena: Marisa, lui e sua moglie. Ha voluto cucinare Arno, preoccupato di non sbagliare il menu. "Dubito che qualcuno sia vegano," lo tranquillizzavo affettando cipolle e portandogli erbe e verdure dall'orto.

Abbiamo passato una serata allegra: Daniele e Daniela ("Lo so, sembriamo una barzelletta sui carabinieri," ha risposto lei alla nostra sorpresa) hanno portato una Barbera imbottigliata in casa, Marisa un bunèt fatto apposta per Arno. Siamo rimasti in basso, al fresco, seduti intorno al tavolo nuovo a fare mattina.

Sparecchiando, Arno e io abbiamo deciso di non andare a letto, ma uscire nella foschia leggera dell'alba – era maggio, i profumi puliti dell'estate alle porte – e scendere fino ai campi già sbocciati. Ce la saremmo portata negli occhi a lungo, quella mattina di silenzio e papaveri.

Vivere qua gli è piaciuto subito. Ci si è immerso con una facilità che non immaginavo. Come forse succede a chi non è mai vissuto fuori dai propri confini, e quando ne trova di nuovi è un abbandono naturale: un atto che si chiude mentre se ne apre un altro. Niente strappi, niente equilibrismi tra punti positivi e negativi: più un impulso – lasciare l'abitudine a favore dell'ignoto, qualcosa che ad Arno è sempre venuto spontaneo. Sono io quella che calcola, tituba, trattiene. Negli anni ci siamo scoperti, conosciuti, abbiamo imparato dove supplire, come lasciare andare. E perciò eccoci qui, a riempire le giornate della nostra vita insieme: la colazione di mattina, che preparo io perché mi sveglio presto; il pranzo rabberciato: aprire il frigo e vedere cosa c'è; la cena con calma, cucinata spesso da lui. Un buon vino di un'enoteca dei dintorni o di mio cugino, magari gente a casa: serate piccole, raccolte.

Arno sta imparando l'italiano, ma non da me. Tra noi due il patto è chiaro: ormai giochiamo sullo stesso livello.

Sbagliare ci diverte. A seminare, dare il bianco, svuotare le grondaie, potare le rose, riparare una lampada, il lavandino, la mia bicicletta – la Gitan di mio nonno – a cui ogni tanto svirgola qualche pezzo. "Cambiala," dice Arno. "Non fare l'americano," rispondo io, "e dammi una mano ad aggiustarla." *Fissarla* dice lui. Non riesce a imparare certi verbi, fa confusione, alla panettiera mercuriale, che spiegava che lei la carta di credito non la prende perché in paese siamo rimasti in quattro e allora perché pagare tasse inutili, Arno ha risposto un "fa senso" che ho dovuto subito correggere. "*Ha* senso, Arno. Lo scusi, non ha ancora imparato bene." "A momenti mi stacca la testa," ha detto lui uscendo dal negozio con i suoi grissini sotto il braccio. Come un parigino con la baguette. L'immagine di Corrado attraverso gli occhi, ma è stato un lampo, dissolto subito.

In casa abbiamo ricavato ognuno il proprio spazio: io lavoro nella stanza dove dormivo da bambina. Abbiamo sistemato una scrivania davanti alla finestra: mi piace alzare gli occhi dallo schermo e vedere i ragazzi sotto la pensilina in piazza, il pomeriggio. Arno ha allestito per sé un angolo del tinello al piano inferiore, da dove fa le sue riunioni a tutte le ore del giorno. Prima e dopo va dritto nell'orto a disintossicarsi, dice.

Le mattine dei papaveri sono diventate un'abitudine. Sempre più spesso Marisa e i Danieli, come li chiamiamo, vengono a cena da noi, ed è normale che se ne vadano a notte fonda. Arno e io siamo ogni volta stupiti: "Ma sono sempre loro, cos'abbiamo da raccontarci?".

A me piace far tardi anche perché, dopo aver riordinato, Arno e io ci prendiamo per mano come due adolescenti e ce ne scendiamo lungo la strada deserta che porta fuori dal paese.

Poi arriva l'autunno, e subito dopo l'inverno che scalpitava dietro, le cene diminuiscono, si sta tutti più in casa. Noi accendiamo il camino, posiamo i piedi sulla panca, leggiamo, chiacchieriamo, ci addormentiamo davanti al fuoco. Due vecchi, iniziamo a scherzare, e ci piace – perché ancora lontana – l'idea di noi bianchi e incartocciati qui, i calzettoni di lana, gli occhiali sul naso, il silenzio azzurro di chi non ha più niente da difendere.

Ormai Arno vede Emma solo in California. Lei è molto concentrata sui suoi studi, in cui, con mia sorpresa, riesce bene. Un suo video vince addirittura un concorso della scuola, Arno va alla premiazione, mi manda una foto in cui la abbraccia. Sembrano felici.

È cresciuta, prima eravamo lì lì, adesso credo sia più alta di me. Aveva i tacchi, mi dirà Arno. L'idea è talmente incongrua che mi è stato più naturale immaginare uno scatto di crescita a vent'anni che un dettaglio ovvio come un paio di scarpe. Nella foto indossa un abito rosa scollato e una collana di turchesi. L'ho guardata a lungo, quell'immagine: la pelle senza foruncoli; lo sguardo vivo; i capelli scuri, forse di nuovo naturali ma con le punte viola. Mi viene in mente la prima volta che l'ho vista, la ciocca dello stesso colore. Non è truccata, al naso ha un anello. Ingrandisco l'immagine: alla fine non se l'è rifatto. Arno mi dirà che con il fondo rinoplastica ha finanziato il suo primo cortometraggio. Sta bene. È più sereno anche lui e smette di sentirsi nel posto sbagliato. Ha passato delle belle giornate con Emma: "Sono riuscito a penetrare il suo universo monosillabico". "È una donna," dice sorpreso, come se a sua figlia non potesse mai accadere. Si sentono tutti così, i padri?

Ogni tanto la vedo sullo schermo di Arno, le chiedo che fa di bello: "Il solito," risponde.

Il mio lavoro aumenta, inizio a rifiutare qualche progetto. Negli anni ho costruito una rete solida di clienti italiani e americani, qualcuno sparso per il mondo: Nuova Zelanda, Sud Africa. Posti dove vorrei andare con Arno. Una sera in cui gli mostro una foto del Monte Iwaki e abbiamo bevuto troppo, decidiamo di festeggiare il nostro anniversario in Giappone. Stabiliamo anche l'itinerario: Tokyo, Kyoto, i vulcani e le montagne di Hokkaidō.

Quindici anni.

Mi pare impossibile. "Sono volati," dice lui facendo un brindisi.

Alla fine invece decidiamo di andare a Parigi. L'idea è sua. Tento di proporre altro, lui insiste.

Partiamo il giorno prima del nostro anniversario, per festeggiare là. Cena prenotata in un ristorante di Plaisance, albergo a Montparnasse. Da veri turisti di mezza età, ridiamo.

Stai tranquilla, mi ripeto, Parigi è grande, figurati se.

Certe cose però mordono dentro, quindi chiamo Evelyn appena sbarchiamo: "Sai se Corrado è qua?".

"Lo vuoi vedere?"

"No, appunto: preferirei evitare."

"Parigi è grande, Livia."

"È quello che mi dico anch'io. Quindi è qua?"

"Sì. E sai che c'è?"

"Cosa."

"Ieri mi ha chiamata e mi ha chiesto di te. Forse *dovreste* vedervi."

Una scarica di elettricità, un calore.

"Ha avuto un figlio."

"Un figlio?"

"Con una francese. Ha lasciato New York."

Le ipotesi che si chiudono quando non erano mai state aperte. I destini altrui che ci escludono una volta per tutte quando, in fondo al corpo, erano stati possibili.

Mi chiedo ancora una volta come avrebbe potuto essere. Se quella donna fossi io, avere un figlio. Scrollo subito la testa: ma no, io i figli. La certezza del mio istinto e l'augurio che mi faccio: di non pentirmene mai. Non voglio svegliarmi un giorno e dire: "Ho sbagliato". Talvolta ne parliamo ancora, Evelyn e io. Lei che ha deciso di adottarne uno.

"Perciò girerai con un sacchetto in testa?"

"Comunque non vive nel quartiere dove siamo noi."

"Magari si è trasferito..."

La mando al diavolo.
"Dammi notizie. E salutami Arno."
Che esce dal bagno in quel momento: "Sei pronta?".
È la nostra serata.
"Due minuti," rispondo, e scelgo il vestito più elegante che ho.

Le strade di Parigi sono piene di gente. È una serata magnifica di inizio autunno, fa caldo, tira un poco d'aria. Passeggiamo nel quartiere, cerchiamo un posto calmo per un aperitivo, ma in questa zona è impossibile. Saliamo su un taxi, ci avviciniamo al ristorante, che è in una via piena di botteghe e graffiti sui muri. Passiamo di fronte a una pasticceria algerina che ho già sentito, ne ho letto?, e troviamo un bar. Affacciandomi alla vetrina ricordo: la pasticceria preferita di Corrado. Alzo gli occhi: via Losserand. Mi scappa un'imprecazione.
"Come dici?"
Controllo la strada, scruto di nuovo dentro e per un istante, anche se so che non è vero, vedo Corrado. Seduto solo al bancone, sorridente. Mi vede, fa un cenno della mano: *Vieni.*
Ha i capelli appena più corti, spettinati; il sorriso.
"Entriamo," dice Arno.
Lo seguo, fisso l'uomo al bancone che sta chiacchierando con il barista e quando passo mi dice "*Bonjour*" continuando a parlare.
I momenti in cui, anche se ci si dice felici – se ci si *sente* felici –, si è per sempre incastrati nelle proprie vite, e le vie di uscita che prima credevamo a disposizione, sfumate. Non le avremmo prese, ma c'erano. In un angolo della coscienza che è rimasto vacante. Questa vita, come l'abbiamo scelta, con fatica, con sacrifici e dedizione; però l'unica, solo questa.
O così crediamo.

I giorni a Parigi passano veloci. Camminiamo in zone al riparo dai turisti, scopriamo strade, parchi, locali, cortili; pranziamo all'aperto in angoli di strada ombrosi, visitiamo gallerie e musei sconosciuti. Una mattina partiamo presto ed esploriamo la via ferroviaria della Coulée Verte, una sera ceniamo a pesce crudo e birra da un pescatore che ha aperto una baracca a Mouzaïa.

Vedo Corrado altre due volte: il sussulto, l'agitazione, e poi l'immagine si sfalda, si trasforma, si modella e cola dentro lineamenti di uomini che non sono lui. Arno mi osserva, chissà cosa pensa. Chissà se sta ancora valutando altre ipotesi. Perché deve averlo fatto. Nel corso di questi quindici anni insieme, deve avere creduto che un'alternativa fosse possibile o, meglio, un diritto. Una donna che non ha potuto avere figli e avrebbe accolto Emma; una donna che era già madre e avrebbe costituito con lui un impianto funzionale di famiglie allargate; una donna impermeabile alle mancanze che invece ho accusato io, e che dello stare insieme ad Arno avrebbe saputo prendere solo il bene.

Arno chiama Emma, che ha iniziato a cercarlo per mostrargli cosa fa. Telefonate rapide, generalmente per chiedere qualcosa, ma ad Arno fa piacere: "Pagare, pago lo stesso. Almeno ci guadagno due parole".

Un giorno la chiamata si apre su un gesso: Charlotte è caduta da una scala e si è rotta una gamba. Emma ha cominciato a disegnarci qualcosa, dice che vuole farle un gesso femminista: "Tipo Frida Kahlo-Audre Lorde-Sylvia Plath in conversazione visuale".

"E la mamma come sta?"

"Incazzata come una iena," risponde Charlotte, "bloccata a letto per almeno due settimane e questo coso per quaranta giorni."

Due settimane a letto perché cadendo ha preso anche un colpo alla schiena che le ha incrinato due vertebre: "Mi fa male pure respirare".

Vediamo Leonard, io per la prima volta, seduto accanto a lei. Prende in giro Charlotte, scambia battute con Emma, a noi chiede cosa stiamo vedendo di bello e se un certo ristorantino è ancora aperto. È simpatico. Io osservo Emma, come si muove con lui, la loro confidenza.

"Povera Charlotte," dice Arno dopo.

È la nostra ultima sera a Parigi, decidiamo di provare a vedere se quel ristorante esiste ancora: esiste, ci andiamo. Dal tavolino apparecchiato Arno manda una foto a Leonard e un messaggio a Emma: *A Natale ci porto anche te.*

Una settimana dopo il nostro rientro, Arno ha un infarto.

È nella rimessa, dove vuole riparare un graticcio. Me ne accorgo quando scendo a portargli il caffè di metà mattina, che ormai ci facciamo sempre lì: una ghiacciaia in inverno, una sauna in estate. Oggi però la giornata è tiepida e c'è un bellissimo sole.

"Un peccato passarla al chiuso," ho detto spalancando le finestre, "dovremmo prendere le bici e fare un giro al fiume."

Ma Arno voleva finire il graticcio e poi dedicarsi all'orto: bisogna trapiantare le verze e risistemare le reti delle carote: "In bici andiamo domani".

Lo trovo coricato a terra, a faccia in giù.

Chiamo subito il 118, arrivano dopo venti minuti: l'ospedale è lontano chilometri. In quei venti minuti resto seduta per terra, a guardargli i capelli: c'è ancora del biondo e del rosso in mezzo al grigio dei suoi cinquantasei anni.

Non ho percezione d'altro, solo i colori.

E il caffè: la morte di Arno ha l'odore del caffè che mi sono rovesciata addosso.

25.

Al funerale Charlotte non c'era, ancora bloccata a letto. Non c'era neanche Christopher, che ormai non può più affrontare lunghi viaggi. Al telefono è rimasto zitto, poi ha messo giù. Emma è voluta venire da sola. Mi ha mandato il numero del volo, detto che si sarebbe arrangiata con i treni. Forse non ricordava che qui i treni non arrivano. Quanto a Leonard, sono d'accordo: cosa c'entra, chi deve rappresentare. Viene Emma, alla fine conta solo lei.

Ci siamo stupiti tutti della scelta di Arno. Farsi seppellire ad Abazia, che ci avesse già pensato, lasciato un documento. Lui così poco previdente sul resto, su questo fiscale, generoso: me ne occupo io, non pensateci. Mi chiedo se ci abbia tenuto nascosto qualcosa: un malessere, un pregresso. Charlotte dice che non ha mai avuto problemi di salute gravi quando stavano insieme, e non sa nulla di eventuali patologie cardiache. Era distrutta: non poter esserci. Le ho risposto come avrebbe risposto Arno e l'ho fatta sorridere: "Tranquilla, rifacciamo quando ti sei ripresa".

Quella specie di leggerezza che avvertiamo prima di capire. Una forma di esaltazione: lo scarto tra la realtà com'era e ciò che ci aspetta. Il risultato è questo spazio ampio, disabitato e ventoso, come in alta quota, dove manca l'ossigeno e la testa fibrilla. Se non si vomita.

Ma io non vomito, saldata a terra da una furia che brucia prima di assimilare. Non me ne rendo ancora conto. Al momento c'è solo quest'aria tersa, questa mancanza: come se l'atmosfera si fosse violentemente dilatata e io avessi d'un tratto tutto lo spazio e tutto il tempo a mia completa disposizione. Non mi sono mai sentita così. Ci vorrà qualche giorno per capire che è una delle forme del dolore.

Per adesso, le incombenze: telefonate, organizzazione, pagamenti. Il funerale sarà in una sala del comune, mio cugino mi mette in contatto con l'impresa, decidiamo per la forma più semplice possibile. Loro si occuperanno delle pratiche, della celebrazione, dei contatti con il personale del cimitero, della sepoltura. Rifiuto i discorsi commemorativi. Anche perché in che lingua: ci saranno Evelyn, Marisa, i Danieli, i miei parenti, Bob e Meghan. Sono troppo intontita per pensare a come salutare, accogliere. Intontita e insieme presente.

Pranzeremo da qualche parte subito dopo la sepoltura e poi ognuno a casa propria. Tranne Emma, che dormirà da me. Non stasera, però. Stasera Bob e Meghan si sono offerti di aspettarla in aeroporto e tenerla con loro in hotel. Ad Abazia di alberghi non ce ne sono. Stabiliamo che ci vediamo direttamente al funerale domani, dopodiché Bob e Meghan partiranno, Emma rimarrà qui ancora un giorno.

Io non dormo. Mi sarei aspettata di crollare: è dall'altro ieri che non chiudo occhio, mi sembra di avere i chiodi nel sangue. Non riesco a dormire, a mangiare. Piscio a malapena, un liquido quasi arancione, maleodorante. Bevi, mi dice Evelyn che mi piantona. "Bianco o rosso?" rispondo per ridere. Rido solo io, rido da sola. Mi volto e Arno non c'è. Come faccio a dormire.

Il funerale per fortuna è rapido: la celebrazione, il cimitero. Bob e Meghan vengono a salutarmi, resto nell'abbraccio di Bob a lungo, come ci fosse un pezzetto di Arno sotto, che voglio riprendermi. Mi dà un bacio sulla testa, ha gli occhi pieni di lacrime. Saluto appena Meghan – se non altro, posso farle capire che non mi è mai piaciuta; Emma. Non ci tocchiamo, in un modo quasi connivente. Evelyn mi sta a un metro di distanza per tutto il tempo. Non troppo vicina: mi soffocherebbe; non troppo lontana: mi sperderei. Mi stringe solo alla fine, quando infilano la bara di Arno nel loculo.

È strano pensare che sarà qui che verrò a cercarlo. Strano come diventiamo illogici: ovvio che Arno non è qui, dentro quattro pezzi di legno e dietro una lastra di marmo. Ovvio che qua non c'è più nessuno, se non cumuli di ossa che si sbricioleranno tutte allo stesso modo. Siamo noi che rimaniamo appesi, incastrati dentro i quattro pezzi di legno, dietro la lastra di marmo. Fino a quando accetteremo, o ci arrenderemo.

Al ristorante mi siedo in mezzo ai cugini e ai miei genitori. È stato curioso vederli incontrare Emma: l'abbraccio di mia madre, in cui lei ha indugiato, la mano di mio padre sulla sua spalla. Quando ho detto che avrebbe dormito a casa stasera, hanno deciso di non fermarsi. Non ho insistito: verranno a stare con me tra qualche giorno, se vorrò.

Cosa mangiamo, non lo metto a fuoco. Mangio perché non ho voglia di sentirmi dire sciocchezze – il dolore e la rabbia sono carburanti formidabili, ho scoperto –, ma più che mangiare è un rimestare nel piatto. Osservo Emma, circondata da Bob e Meghan. Sarà il vestito accollato, saranno i capelli legati: sembra una collegiale in visita di cortesia. Forza Emma, penso, vieni fuori. Ma lei sta lì, mansueta, a spostare la forchetta nel piatto. Beve, in compenso. Tanto che Meghan a un certo punto le allontana il bicchiere con un sorriso e un'arricciata di naso. Allora Emma guarda me, mi sembra con disperazione.

Dopo il pranzo c'è la ronda dei saluti, degli abbracci, dei "Ti chiamo fatti forza per qualsiasi cosa siamo qui": alla fine mi stacco nemmeno mi strappassi di dosso indumenti infuocati. Rassicuro mia madre, "Avvertimi quando arrivate," dico a mio padre. Gli altri li vedo sfilare via in un'ovatta. Cerco Emma, prendo la sua borsa, saliamo in macchina.

Quando arriviamo a casa, le mostro la sua stanza al piano di sotto, il suo bagno, l'orto. Non so perché mi venga da mostrarle l'orto prima del resto della casa. Forse perché è al piano terra, forse perché ci è morto suo padre.

"Sopra c'è la cucina, la mia camera, il soggiorno e un altro bagno. Sistemati con calma, mi trovi su."

Mi fa effetto rivederla dopo quattro anni e rivederla qui. È cresciuta, di persona più che in video. Ormai è una donna, d'ora in avanti saranno solo aggiustamenti. Vedendo lei mi rendo conto della traiettoria del tempo, quanto ne è passato, di cosa è stato riempito. Avevi ragione tu, Arno, è volato. Chissà che altro è cambiato in lei. So così poco. L'impressione di conoscerla a memoria senza i dettagli: che cibo non mangia adesso, qual è la sua materia preferita, se è innamorata, com'è la casa in cui abita con due amiche. So solo questo: che condivide un appartamento vicino all'università.

Ha qualcosa di Arno. Non i lineamenti, ormai assestati su quelli di Charlotte. Piuttosto è come se di lui avesse trattenuto la mimica, lo sguardo. Avverto una sorpresa, un turbamento. E, insieme, un senso di conforto.

Poi, di colpo, un'agitazione. Averla qua. Lei e io. Una sera soltanto, mi dico. Dopo non la rivedrò più, probabilmente. Non ci avevo ancora pensato.

Vado in cucina, apro il frigo: mia madre ha lasciato una scodella di sugo, le tagliatelle fresche dentro un canovaccio.

Emma sale verso sera. Si è cambiata, indossa jeans, canottiera e felpa. I capelli bagnati sulle spalle, il viso struccato, grigio intorno agli occhi.

"Hai dormito?"

"Sono andata a fare un giro."

Sono sorpresa: "Dove?".

Lei fa un gesto verso la finestra: "Volevo vedere dove papà...".

Interrompe la frase sul verbo. Ci vuole tempo. Anche per me. Io al momento li evito, i verbi.

Si fa forza: "Mi aveva raccontato di un mobile che ha costruito".

"Sì, è nella camera da letto. Dopo te lo faccio vedere."

Annuisce, le chiedo se vuole bere: "Una Coca-Cola?". Mi sono ricordata di prenderla per lei.

"Hai qualcos'altro?"

"Solo vino."

Indica i bicchieri nella credenza: “Prendo quelli?”.

“Taglio due pezzi di formaggio.”

Lo mangerà il formaggio? Non ricordo e non glielo chiedo: c’è solo questo.

“Bianco o rosso?”

“Rosso.”

Tiro fuori una bottiglia del più fresco che ho: “Ho solo vino della zona. Leggero per i tuoi gusti”.

“Che ne sai dei miei gusti?”

“Tuo padre.”

Poso il piatto e la bottiglia sul tavolo, la apro, verso. Lei mette i piedi su una sedia, beve.

“Allora, cosa te ne pare?”

“Del posto?” Scrolla le spalle, la sua vecchia abitudine: “Campagna”.

“Campagna che ti piace?”

“Ero curiosa di vedere dove sei riuscita a trascinare papà.”

Non raccolgo: “Lo mangi il formaggio?”.

Emma prende tre cubetti di toma e se li infila in bocca: “Ormai digerisco qualsiasi cosa”.

Finisce il bicchiere, senza chiedere se ne riempie un altro.

“Non ce l’ho *trascinato*,” dico.

“Sarà.”

“Mi sopravvaluti.”

A questo punto andrei dritta a letto, ma non posso lasciarla in mezzo alla cucina da sola. In una casa che non conosce, suo padre ovunque e quindi mille volte più assente. Ho sbagliato, dovevo farla dormire nel mio studio, non in quello di Arno: il timore che ci avrebbe visto una privazione invece di una prudenza.

Riempio d’acqua una pentola, metto sul fuoco la padella del sugo.

“Che profumo.”

“Mia madre.”

“È simpatica.”

“Glielo riferirò.”

“Le hai parlato di me?”

Prendo le tagliatelle dal frigo: "Normale, no?, in tutti questi anni".

"E lei?"

"Lei cosa?"

"Che dice?"

"Non ti conosce."

"Che dice di quel che le racconti *tu*."

Il sugo inizia a sfrigolare, lo mescolo. Sugo di pomodoro perché Emma è – era? – vegetariana.

Ti darà filo da torcere. Ti vedrà come una rivale.

"Niente di particolare. Che non sono situazioni facili."

Butto le tagliatelle: "Cinque minuti e mangiamo".

Mentre scolo lei si affaccia alla finestra, guarda fuori: "Non passa nessuno".

Riempio i piatti, mi siedo. La bottiglia è già a metà.

"C'è sempre stato poco traffico, ma negli anni il paese si è svuotato."

"Abitavi qui da piccola?"

"Mio padre."

Emma versa ancora poi, curva, i gomiti sul tavolo, inizia a mangiare. Oggi a pranzo non ha toccato nulla, in pochi minuti svuota il piatto. Io prendo due forchettate dal mio, poi lo spingo verso di lei. Emma lo mette sopra il suo e lo finisce.

"Avevi fame."

"Era buona. Dillo a tua madre."

"Glielo dirò. Il dolce non c'è."

Si pulisce la bocca unta, esce dalla cucina, scende. Non capisco se sia in bagno o se la serata si chiuda qui.

Torna quasi subito, posa degli Snickers sul tavolo. Non li mangio da anni, ne apro uno.

"Hai altro vino?"

Esito. Sta bevendo molto, e anche io. Dovrei dire di no, finire la mia barretta di cioccolato e andare a letto. Domattina svegliarmi presto, uscire a prendere una brioche per lei in panetteria, accompagnarla in aeroporto.

Invece stappo un'altra bottiglia.

"*Salùt*."

"*Salute.*"

"*Salutè*," ripete apposta. "Tanto a te della mia salute non te n'è mai fregato un cazzo."

Svia gli occhi quando sollevo i miei.

"T'è andata male che non sono finita sotto quella macchina."

"Ancora con questa storia?" rispondo incredula. "È stato un incidente, Emma."

"Un incidente," ride lei, quasi di gusto.

"Assurdo."

Rido anche io, un riso forzato, per farla sentire ridicola. Emma non si scompone, né ci casca: non è più una bambina. Non è più il tempo in cui, quando piangeva tra le braccia di Arno, io di nascosto le sorridevo in faccia.

"Esatto, assurdo. Eppure. Ma non sono più arrabbiata. Non bisogna piacersi per forza, no? Non ho mai capito papà, ma contento lui..."

Resta calma, penso. Ha vent'anni, le è appena morto il padre.

"Ti spiace?" dico indicando i suoi piedi.

Lei li tira giù, mi versa il vino, ne versa per sé, fino all'orlo. Con il primo sorso ne rovescia sul tavolo.

"Oddio, corri a prendere uno straccio."

Si alza, incerta va in cucina, trova una spugna nel lavandino, la butta sul marmo e strofina con vigore.

"Lascia perdere."

"*Cosa* devo lasciar perdere?"

Indico il tavolo, ma lei continua: "Come poteva essere contento?".

Torna ad appoggiarsi allo schienale della sedia, solleva le braccia a stirarsi. Si è tolta la felpa: le ascelle pelose, i denti macchiati di vino, il viso congestionato: "Lo sapevano tutti in che situazione era".

Mi guarda: *Dai, reagisci.*

"Ho visto la foto," dice poi.

"Che foto?"

"Quella sulla mensola in camera mia. Non ce l'hai messa tu, immagino."

La foto. L'unica di noi tre insieme – Arno, Emma e io –, scattata ai giardinetti quando era piccola. Emma aveva appena smesso di piangere e stringeva una bambola.

"Te la ricordi? Avevi detto a papà che facevo finta."

Certo che mi ricordo: era caduta dall'altalena e si era disperata finché Arno non le aveva comprato la bambola. Come può ricordarselo lei?

"Ero una *bambina*, cazzo. Ma tu niente, neppure quella volta. Sempre lì con la bacchetta da maestrina: e fai questo e non fare quello e stai dritta e mangia bene, e vaffanculo!"

Ha il collo chiazzato di viola, gli occhi liquidi che stentano a fissarsi su un punto. Domani si ricorderà di quello che sta dicendo?

"Sei stata un inferno, Emma. E io ho fatto come ho potuto."

Lei singhiozza, rutta, respira a bocca aperta, lo sguardo sul marmo del tavolo. Non parla più: la faccia pesta, i capelli sfatti.

"Ti accompagno giù," le dico.

Fa segno di no.

Sto per allungare la mano a toccarla. Invece mi alzo e vado in camera mia. Lascio la porta aperta, ascolto. Fuori è notte fonda: si sente solo il verso dei grilli.

26.

La mattina dopo la campagna è avvolta nella nebbia. Mi affaccio alla finestra, esco sul balcone. Fa fresco, come ogni giorno ormai a quest'ora. Il blu e verde dei campi sfumati dalla nebbia, l'odore del legno umido, quello del legno bruciato: gli odori dell'inverno, i primi. Una moto passa in strada, poi un uomo in bicicletta: il basco in testa, il giubbotto allacciato. Fischietta, nonostante la salita. Non si accorge di me.

Torno dentro, chiudo.

Mi fermo in cima alle scale: da sotto non arrivano rumori. È presto, non sono nemmeno le nove.

In bagno mi guardo allo specchio. Osservo con il distacco di un altro, come deve avermi vista Arno, per esempio. I capelli castani tagliati alle spalle, gli occhi marroni quasi senza ciglia, le sopracciglia in un arco tondo, il naso con il setto storto da quando me lo sono rotto da piccola, la cicatrice in mezzo alla fronte, le labbra sottili, le mie labbra gentili come le chiamava Arno, la mandibola deviata, che mi fa pronunciare le esse con un fischio se non ci sto attenta, le rughe agli angoli della bocca, quella verticale, venuta a vent'anni, accanto al sopracciglio destro, la pelle che ha già qualche macchia e stamattina è terrea.

Mi lavo la faccia, vado in cucina, sparecchio. Metto le bottiglie vuote vicino alla porta per buttarle più tardi, riempio la lavastoviglie, preparo un caffè.

Emma dorme. O dormiva fino a poco fa: sento un tonfo venire da sotto. Mi fermo, ascolto: la porta della sua stanza che scricchiola aprendosi, lo sciacquone. Tra poco salirà, non ho avuto tempo di andare in panetteria, le chiederò di venire con me.

Le chiederò anche se vuole restare qualche giorno. Riposarsi, camminare nella campagna. Le proporrò di prendere l'auto e visitare i paesi vicini.

Le chiederò se vuole che vada con lei.

Intanto la aspetto, metto su l'acqua per il tè, tiro fuori la sua tazza.

Mi volto ed è sulla porta. Non ha fatto rumore, come quando anni fa me la trovavo incollata agli stipiti a fissarmi. Ha una maglietta, la pelle d'oca. Mi guarda. Negli occhi fondi di stanchezza e viola del sonno cattivo che ci ha pestate entrambe, c'è qualcosa che non avevo mai visto.

E penso che potrebbe essere possibile.

Adesso che siamo arrivate qui, adesso che abbiamo iniziato a dire la verità, adesso che Arno non c'è più: il suo corpo, la sua attenzione che ci siamo contese per anni.

Adesso, forse.

Ringraziamenti

Voglio ringraziare:

Monica Malatesta, per avere sempre lavorato insieme a me con forza e convinzione;

Angelo Acerbi, Andrea Cecchi, Mathias Énard e Tiziana Rinaldi, per avere letto e riletto il manoscritto di questo romanzo, e avermi dato consigli e incoraggiamenti;

Laura Cerutti, per l'entusiasmo, l'acuità e la generosità nel suo lavoro sul testo;

Raffaella Lops, per aver rivoltato le braci.

Indice